三民叢刊172

永不磨滅的愛

楊秋生　著

三民書局印行

序

楊秋生

一個星期六，約了六對朋友來家中小聚。其中一對和我最熟悉的朋友說：「說實在，我們已經好久、好久都沒請過客了！生活裡只覺得累、累、累，連辦個活動宴個客的精神和力氣都沒有。妳請客，我們當然很高興，可是，妳一個人搞那麼多菜怎麼搞得來?為什麼不一家帶一樣菜來?」

的確，請客是累。但是如果大家星期六晚上來，白天出去玩，還惦著要帶菜，興致就大打折扣了。如果我只需累上兩天，就能讓六位太太在星期六的白天盡情的出去玩，晚上免於上廚房，六家人有個輕鬆愉快的夜晚，我覺得值得。

人到中年，好像一下子步入「危機」，信心、希望瓦解，生活裡頭充滿了徬徨、疲倦和無力感。外遇、離婚、疾病、死亡在我們還來不及面對時，就無聲無息的走進生活裡來了。

現代人的生活壓力特別大，尤其是矽谷，工作的壓力、房子巨額貸款的壓力、父母、公婆同住的壓力、夫妻協調的困難、兒女在中西文化衝突下教養的困境。朋友相聚，多半要吐吐苦水之後，才能定下心來享受聚會的樂趣。

那天，大家都玩得很高興，走時，一位朋友握著我的手，緊緊的，久久只說了一句：「謝謝！」

許多朋友都問過我，生活壓力這麼大，要做的事那麼多，我怎麼忙得過來？

我的生活壓力的確不小，這些年也在困境中掙扎，有時甚至覺得自己就像一支快要燃盡的蠟燭，不知那一天就會突然熄了。但是，幾年下來，燭光益旺，只因為我了解到「愛」。因為自己深深的被父母、被先生、被姐妹、被兒子，甚至被朋友愛，也想將這些愛分享給需要愛的人——尤其是我不認識的朋友。

這幾年，因為學佛，才真正的了解愛的真義，也才真正的成長。

也有意興闌珊的時候，天真快樂的兒子給我注入了大量的愛和童趣，也和他的父親一樣，溫柔體貼。遠方的姐姐，從不忘噓寒問暖。在我孤燈苦思的時候，她們也陪我一起寫作。

於是，這本書，更豐富、更圓滿了！

感謝所有曾對我付出關心的人——也許，他是我未曾謀面的讀者！

永不磨滅的愛　目次

二 情愛篇

三　童趣篇

四 旅遊篇

一 哲思篇

時間

早上醒來，芬芳撲鼻。

「這是什麼味道啊？像熟透了的李子發酵的味道。」靈兒說。

「不像！不像！像酒釀的味道。」我搖搖頭說。

推開房門，想起來是麵包出爐。麵包機第一次試用定時，材料是昨晚睡覺前放的，經過六個小時之後自動運作。活性發粉在六個小時之內發了酵，難怪靈兒說是李子發酵的味道，我覺得是酒釀發酵的味道。

時間真是奇妙，是藝術家，是魔術師，因期待而美麗，因結果而圓滿。

•

把雞抹上鹽，擱置一陣，入味了，大火蒸。熟透，放進半罐加鹽雞高湯、半罐紹興酒。醃上三天，成了醉雞。刀子切下去，骨頭都酥了。

靈兒愛吃醉雞、鹹水鴨、廣東泡菜，每樣都要醃。在等待的時間裡，母親的心情和靈兒的心情，都是喜悅豐富又富蜜意的。總想起埋在地窖十數年的「女兒紅」。開封的時候，母親、女兒的心情是喜還是悲？

現在的父母兒女都幸福。

•

帶著工人去朋友家，朋友的孩子醒了，哭著。朋友進房將孩子抱出來，摟著。朋友總說她三十九還生孩子，實在是「老了些」。然而看著她滿臉笑意，根本看不出她的年齡，也許工人以為她不過二十多，才生的貝比。

就在那一刻，我突然了悟一位學佛朋友所說的「永恆」的意思。什麼叫「時間」呢？所謂時間是人所賦與的觀念，因為觀念，時間有了所謂過去、現在與未來。自性原是永恆，沒有所謂過去、現在與未來。是因眾生從無始來，妄想執有我人眾生及壽命，認四顛倒，為實我體啊！

凡所有相，皆是虛妄；若見諸相非相，即見如來。

有所悟，自在未曾有。

單純的心

前一陣子，影壇上的一個大明星傳出要結婚的消息，造成很大的轟動。這兒的記者為了捕捉她的倩影、訪問她，每天大老遠的開車到她住處，烈陽下在門外苦苦守候。一天、兩天、三天……，一分一秒的苦等，一絲一縷的追蹤報導。這位明星為了珍惜人生最美好的一刻，特意隔離記者，以期享有最高的隱私。記者每日苦候，能報導的少之又少。愈是這樣，讀者、影迷的好奇心就愈強，結果將這新聞炒得更兇，成了茶餘飯後人人爭相談論的話題。

不少朋友和我談起這件事，大家總是繞著這個又美麗又有錢的大明星為什麼要嫁給這麼一個外型不出色的男人的話題上打轉。

有人猜她是為了更多的錢和不能改掉的生活習氣，有的人猜她是看上他和娛樂圈完全不同的特質，每個人都有不同的想法，而且還分析得頭頭是道。她們問我的想法。我說，就是為了愛吧！真的，這理由當真就可以這麼單純，就是因為彼此相愛而已，何必把事情想得這麼複雜呢？

我想起曾經看過的一個故事。

從前有三個旅行者來到一座山下，遠遠的看到山頂上站著一個人。這三個人便開始猜測那人為什麼會站在山頂上。其中一個人猜他是正在尋找走失的心愛動物，另一個人猜他在找他的朋友，最後一個卻猜他是為了呼吸新鮮的空氣。

三人意見不合，各個搬出一大堆理由來，企圖說服對方。爭到最後，各不相讓，只好爬到山頂去問那個站在山頂上的人。那人聽他們說完，笑了起來，說：我只是在這裡站著而已！

這世界上的每一件事都該是極單純的，是因為人跟人之間的猜疑和不信任才把它搞複雜的吧！

而我亦相信人之初亦該是單純的。所謂「赤子之心」，未經染著，饑來吃飯睏來眠。當下一心，做當下一事，不掛慮過去，不擔憂未來，沒有分別心，沒有執著心，沒有不平心，也沒有憂惱心。因為心靈無染，處事自然單純。

然而，曾幾何時，人長大了，由出自本然轉為對外追求，由渴望而生貪念，貪得不著又生嗔心，然後千方百計的想要「設計」。設計這句話要怎麼說才能深得對方的心，這件事要怎麼做才能得到最豐厚的回報。單純的心一曲三折，單純的事就變的複雜而詭異了。對外追求習慣了，再難尋回本來面目，於是，就甚至連吃飯睡覺這麼簡單的事，都無法協調自在，充滿了問題。

菩提本無樹，明鏡亦非臺，本來無一物，何處惹塵埃？

事情多、煩惱多，不如化整為零；一心一境，最能對治波動不安。心靈單純清靜澄明，無染無著，即日日是好日，處處是福地。

春日心情

1

臺海兩岸的變化，著實叫人耽憂。和朋友談著，憂心忡忡。

在一旁玩著的兒子，忽然停下來，眉頭輕蹙，像在沉思。過了一會兒，他衝過來，眼睛發亮的說：「媽，我有辦法了——去找表哥——表哥！」

表哥？我突然想起，七年半以前，兒子才將要滿三歲，帶他回臺灣。表哥做東請我們吃飯，我告訴兒子，表哥是砲兵學校校長，中將，很威風的。

他就一直記住了。在這兩岸緊張的時候，居然想起「表哥」。

孩子多純真啊！

為什麼天真的孩子，長大後卻有那麼多的戰爭呢？

2

朋友搬家，都弄妥後，請我去她家。

才進屋，就覺得心情特別好。

朋友，是我見過最擅佈置的。家裡都是簡單的東西，卻佈置得頗為雅致。每次看到她，都深深的感覺到她熱情心腸裡那份善良和蘭蕙之質。

臨走時，她匆匆忙忙跑到院子，將樹上唯一的牡丹花苞剪下來給我，只因她聽我說，前一陣子我在練習畫牡丹。

我虔誠的捧著嬌嫩的牡丹，像捧著她善美的一顆心。

3

春天一到，院子裡的野草，盎然地將整個院子都占滿了。

下午，只要有點空，我就到院子去清除雜草。

蹲在地上一點一點挖著已然根深的雜草，著實要有耐心。然而，因為少有人做這份工作，一個人做起來份外清靜。我總是一邊做，一邊想事情。許多平日抽不出時間來靜思的事情，反而在此都想通了！

拔野草，也是一種修行工夫。

4

朋友從聖塔克魯茲來，送給兒子一個罐頭禮物，說是當地特產，卻不是吃的。罐頭上畫著一隻殺人鯨，旁邊寫著一些有關殺人鯨的資料。在殺人鯨的右上角，有一行明顯的警告：小孩子絕對不能自己打開來，除非大人在一旁看著。一副裡頭裝的是什麼危險東西似的。兒子很好奇裡頭是什麼，想搖搖看，我怕裡頭迸出什麼怪東西（怕像是Jack in the Box之類總讓人嚇一跳的東西），不准他碰，非得老爹監督才可以。

好不容易老爹回來了，兒子在他的「監督」下，拿了開罐器，將罐頭打開。裡頭竟只是一個小小的布鯨魚娃娃！

原來，危險的不是罐頭裡的東西，是孩子使用開罐器的時候。

我不禁為我超豐富的想像力笑起來。

5

當學生的時候學過一陣子國畫，婚後整個擱置下來，十多年沒再畫過。最近又興起畫國畫的念頭，打聽出一位女老師不只字寫得好，她的畫更是瀟灑俐落，擲地有聲。尤其山水畫氣勢磅礴，頗有女中豪傑的味道。

於是正正式式的拜師學畫，想學那一股瀟灑、風流、自在、豪放。

而幾個月學下來，一位同學說，她的畫多是圓圓胖胖的，而且還都死死板板，像排著隊，跟她的人長相個性一個樣。我看她的畫，的確多圓潤規矩。而我呢，每幅畫攤開來，每個看的人都說：「妳的畫好娟秀。」我自己看，也是左看右看都看不出一點瀟灑來。到此時，不得不承認，一個人的畫風和本人的特質是一樣的。

洪通是洪通，張大千是張大千。想想，學老師不成，做個自己也不錯！

6

先生對日本人的印象一直停在日人侵華的時候，是堅持不用日本貨的那種人。

很諷刺的，他後來竟然到一家日本公司上班，而且一做多年，年年還得到日本出差。

他接觸到的日本人多守禮，重感情，講信用，你敬他一尺，他還你一丈。他們談及日人侵華的事，都感到抱歉萬分。自此先生才對日本人改觀，幾年下來竟還交了不少日本朋友。

歷史，我們不曾忘懷；然而這些朋友的真情，我們也銘記在心。

昨天，家裡來了一位日本客人，進門時送了我一把花。

啊！春天來了！

發財夢的聯想

和朋友一塊兒出門，路上這對夫婦談股票談得高興，不由做起發財夢。他們高談闊論一番以後，突然問我：「奇怪，我見過的人，沒有一個不想發財的，就妳一個人似乎對發財沒興趣。我問妳——妳真的不想發財呀？」

我很坦白的回答說：「我從來沒有想到過要發財這件事！」

朋友搖搖頭，不能理解的說：「怪啦！我活到這把年紀，還沒見過不想發財的人！」

其實，從來沒有想到過要發財的人，應該是令人羨慕的。起碼，不去想發財的人，大體上來說，身心上是富足的。因為富足，所以不需要去鑽營。

錢多固然不錯，但是也不過就是吃得好一些，穿得捨得一點，然而也總不能夏天穿著皮裘出去招搖吧！吃得好，也無法一日多吃兩餐；多一棟房子，還得多費一番心思去處理；開著手工製造的名車，又怕停到巷道市街給人惡意破壞了！

「貧賤夫妻百事哀」固然有說不完的傷心事，然而太過有錢招惹而來的煩惱、痛苦和悲哀，恐怕較之貧窮更甚。錢多，除了生活上能有保障之外，又能保證什麼呢？幸福？快樂？健康？親情？友情？也許連最起碼的「自在」都失去了！

有錢並不是不好，如何有效的利用，用之得當，用得心安，才能得到實質的快樂，才有正面的價值。

正如對孩子，我一直警惕自己，要保持「初心」，希望他「健康」、「快樂」就好！

相信大部分的母親，在孩子未出生的時候，都只有一個小小的希望——只要孩子「健康」就好。但是，孩子慢慢長大了，對孩子的要求卻愈來愈多，總是滿意的少，不滿意的多。細想，要孩子一輩子健康、快樂，也不是一件容易的事。先打下健康的底子，往後才有健康的一生，而這個底子，是父母用多少心血換來的？而快樂更不容易，要有健康的身體，才能開始談快樂。除了健康，完整的愛也不可缺少，健全的人格更是不可疏忽。如果孩子真擁有了這些，再不用擔心他跌倒了，爬不起來。一個人在任何時候都能將身心調適得很好的話，所謂的富有、貧窮也沒有太大的差別了。

生活中美好的事物很多，母親親手包的餛飩湯，未必比餐廳的原盅鮑翅湯來得遜色，把偶爾上一次餐廳當作生活的調劑，不是更具滋味嗎？

生活中的許多希望與不足，都是因為心中有過多的期望所致，希望一旦落空變成幻影，難免心情不受影響。而在追逐發財夢中，所付出的心力和承受壓力之中，豈有快樂可言？平安就是福，平安就值得感謝。不執著，不癡心妄想，就不會希望落空；不貪心，便不易因失望而產生怨氣；不求，便不易因失望而怨尤。不求而來，還有一分驚喜。那麼，我還會做發財夢嗎？

生活奢侈浮華，不是生活品質，事實上是逐漸失去了生活品質的實相。真正的生活品質是在於心靈空間，豐富的靈性，平和、安詳、知足、自信。一個人的心靈純淨了、富足了，日日即是好日，處處是福地。那麼，還有什麼可以誘惑我們的呢？

傷魚

到聖塔克魯茲的海邊漫步。走到碼頭邊，看到兩位垂釣者正在釣魚。這兩個人很特別，手上拿著釣桿，腳邊卻沒準備裝魚的桶子。我覺得很奇怪，駐足看了一會兒。

這兩個人，尤其是右者，鬍子都花白了，身子卻堅實硬朗。他甩桿的動作迅速俐落而充滿了力的美感。釣魚線才下海，眼睛還來不及追蹤出線頭落在那兒，魚已上鉤，就被拉出海面來了。他將魚挽上，快速取出魚鉤，將魚丟回海裡。

從前看人釣魚，魚釣上來，折騰兩下就死了。而這個人，不過四分鐘，釣上四條，條條輕巧迅速的又游回海裡。我不禁納悶，為什麼他釣過的魚還能活著?遶了一圈回來，其他的釣魚者，總是多半拉出魚線時空無一物，偶爾魚兒上鉤，取下放進水桶時幾已翻肚。

再回到這兩個垂釣者邊，細細看，才發現這右者釣魚的技術幾已到達神乎其技的地步。

在魚兒才上鉤的剎那間，他就感受到了，以最迅速的動作將它拉上。魚因輕咬，鉤子陷得不深，極易取出，所以受傷不深。

垂釣者固然是為了釣魚之樂，鮮魚美味也是個誘惑，而這個人卻純粹是為了釣魚之樂而釣。能享受到釣魚之樂，又不致置魚於死地的人，我所見到的他是第一人了。他看到我們，問：「你們吃魚嗎？我釣上的魚都可以送給你們。魚是很好的東西，不是嗎？」

我們何忍？

此時左邊垂釣者也釣上一條。他將魚拉上來，拉出鉤子時，鉤子竟斷在魚的喉嚨裡了。他急忙取出不同的工具，都沒法將鉤子拿出來。我們在一旁不由急了，希望他趕快將鉤子取出，不然魚就快撐不下去了。這人最後拿出瑞士刀，將魚鰓切開……

靈兒在一旁忍不住跟這人說：「你這樣是不對的！你看，魚死了吧！」

那人半天吶吶的說：「這魚雖死了，還可以給其他的魚或者海鳥吃啊！」

看著魚再度被丟回海裡，鮮紅的魚鰓隨浪漂流，感慨良深。

只要這兩個人在，總有魚要上鉤。我忍不住在一旁一次又一次的祈禱，願魚兒有靈，游得深一些、遠一點，不要為了貪食魚餌而被釣上來，非死即傷！

這兩位釣魚者終於再未釣上任何一條魚來！海風漸大，我們離開了海邊。

鳥之為鳥，魚之為魚，總為食亡。而我們人類呢？比它們又好了多少呢？是不是也一次又一次的陷入不自知的死亡陷阱呢？

滄海桑田

喜歡到半月灣去，就坐在小小的碼頭邊的沙灘上。

這一段沙灘特別短，靠碼頭的附近，沙特別細，微帶黑色——乾淨漂亮的黑色。海浪也小，簡直是溫柔。澄清的海水，滑過潔淨的沙灘，彷彿能看到海面上浮著金。海水一退去，那層金留在沙灘上，變成金粉，細細碎碎的閃亮著，讓人不得不懷疑——那真是黃金吧！碎金在微黑的細沙上閃爍著陽光般的燦然，踩在腳下，覺得好奢侈。

不過幾呎，沙變得白了，碎金也不見了。接下去就是大塊石頭，然後就是無盡的海了。沙灘就這麼一塊，因為小，海水長浸，沙灘異常的平整濕潤而乾淨。

海水清澈得見底，細嫩輕軟的海帶，隨著海水去去又來，偶爾幾片留在沙灘上，翠綠翠綠。

靈兒玩水去了。我坐在沙灘上，想蓋一個城堡。

沙濕潤的，無需來回取水，蓋起來細緻又堅實。

稍微設計了一下，開始動工。

先挖好護城河，護城河上一座橋，橋外有門、有牆。另外三面，錯落的圍著山，山中有小路。護城河裡對著橋的是兩面結實帶著雕花的城垣，中間坎著門。另三邊則是巨型堡壘，整齊的排列著，其中一面的裡頭，也有一排雕花城垣。最中間則是一高高平臺，平臺上是壯觀的城堡。

不知什麼時候，身旁圍了一些人，高橋上也駐足了一些人，讚歎著這座沙堡。

明知道沙留不住海水，靈兒和我仍不斷的來回奔跑，將取回來的海水傾倒到護城河中。

人漸漸散了，海水也開始漲潮了。

我捨不得走，感情豐富的靈兒說。

於是，我們坐在那兒，看海水一點、一點漲上來。

心情多變。有喜、有企盼，也有無奈。

第一波海浪終於衝了上來，湧入護城河。

一次、二次、三次……海浪時大時小。終於一次海水衝入，淹沒了整個護城河。當海水退去，橋外的門和長城不見了！

我們爬到高橋上，一眼望下去，沙上城堡彷彿在一瞬間成為過去——我們像在觀看一段曾經存在，卻又已逝去的歷史。海水來來去去，就像時間的長河，慢慢的流過。

海水再度淹沒整個城堡，護城河早已因淤沙而成為平地了！城垣、堡壘也漸成為斷壁殘垣。幾處掛著海帶，像久無人煙的廢都，城牆上爬滿綠藤。

一次、一次的，城堡被摧斲，斷壁殘垣，讓人不由欷噓——世上沒有所謂永恆！

最後一次，海水沖刷，整個城堡不復蹤跡——路過的旅人還會再相信，那兒曾經有過一座美麗的城堡嗎？

像走過一紀，滄桑在心。人，爭與不爭、求與不求，最末都無跡可追蹤。

吃障

朋友越來越胖，她說她沒法像別人一樣減肥，別說少吃半碗飯了，連少吃一口都不行。吃少了，硬是餓得手腳發軟。

她先生笑她素都吃了那麼多年，卻仍不能控制口腹之慾，說她有「吃障」。

她無奈的說，她鐵定是從餓鬼道投胎來的。

從她有記憶以來，每次夢到吃，沒有一次吃得成的。排著隊買東西吃，不是剛輪到她東西剛好賣光，就是人家不賣給她，不然也是剛要端起碗來吃，夢就醒了。醒來不覺悵惘！還有一回夢到她是比丘尼，別人都在大殿拜佛，只有她一人偷溜到廚房偷東西吃，這一偷，立刻墮入三惡道去。

「餓多餓久了，怎麼吃都不夠！真怪呀，我看到什麼都好吃都想吃，怎麼吃都不夠，這不是餓死鬼投胎是什麼？習氣難改啊！」

如果說她有吃障的話，我也有吃障。

記憶中夢到吃東西不下千百回了，每一次都是夢到一個大圓桌，上面擺滿了山珍海味。那一大桌子菜，永遠永遠只有我一個人坐在那兒吃，頂多身旁站著一兩個人伺候著。那時候人人家裡窮，同學聽我說吃些什麼，聽得直流口水，說：「妳真好命啊！連作夢都可以吃到酒席。」夢醒了，意猶未盡。

父親燒得一手好菜，許是嘴養刁了，挑食挑得厲害——不只是要挑好的東西吃，還要味道好才肯下箸。前幾年，別人煮的東西，我都還有挾起來聞聞看的壞習慣——味道不對還不吃呢！寧願餓也不吃不對胃的東西，所以人越吃越瘦。

美國待久了，上一次作夢幾個高中同學慶祝生日，在希爾頓的特別房間裡，不過三五個同學，仍然是滿桌子的菜，菜色之佳，設計之美，還是這輩子沒吃過的。

四年前有個修行人一看到我就說：「你上輩子花妳爸爸的錢，花得太多了……」

想起那一桌又一桌的菜，我無語。

這四年，素吃得多了，要求美味的程度大大減少，好朋友仍知我有這個毛病——縱使吃素，還是捨不得不講求味道，佐料不能多，盡量要保持原味。

財、色、名、睡，沒有一樣像食，一天起碼要三回，唉！吃障難去，怎敢空言修行啊！

心安

前兩天出門，發現對門請了工人在做自動噴水系統。這幾天特別熱，看著這個高高瘦瘦的工人，頂著大太陽，拿著鋤頭一吋一吋的挖，覺得好難過。

七年前，家裏的院子因沒有自動噴水系統，拿著水管慢慢澆，不但花去許多時間，澆得也不均勻，草地很難看，偉剛就想裝一套自動噴水系統。打聽的結果，工錢很貴。偉剛才上班兩年，薪水扣掉稅，再付上房子貸款，根本節餘不下錢，便決定自己做。一家三口上專賣家用工程的店舖，把必需用品一一買回來，再畫上詳圖，就開始動工了。

偉剛擔心吃飽飯就不想動，所以每天下班回來就開工。我和靈兒在旁邊看他，一鋤一鋤的挖著土。那些草經過十多年的相依，早厚厚的糾結在一起，挖起來十分困難。夕陽餘暉，看他埋首吃力的工作著，說不出來的心痛。後來隔壁喬看到了，好心告訴我們，有專門出租挖土的機器，用機器挖省事多了。偉剛跑去租，店裏說，都租光了。偉剛想，反正租不到，又都挖了三分之一了，乾脆一路挖下去吧！

他每天都做到天黑，幾乎什麼都看不見了才進屋，整個人累到彷彿姓什麼叫什麼都想不起來的地步。人瘦了許多，手也起泡結繭了。大約做了一個多月，終於完工了。當水漂亮的噴出來的時候，偉剛開心的笑了。

現在看到這個工人，就想起那段辛苦的日子，心想，他會不會去租機器呢？

今早起來，不經意從窗門玻璃看到對面鄰居前停了一輛消防車，不放心出去看看，才發現後頭還停了三輛警車。不一會兒工夫，又來了一輛警車和一輛救護車。心想，會是他們家中坐輪椅的老祖母急病了嗎？不一會兒擔架抬出來了——是那個工人！

隔壁的艾美告訴我，對門雇的這兩個工人，是朋友介紹的，他們之間互不認識，彼此從哪裏來、住在哪裏、家裏有什麼人都互相不知道。而此時，這個人卻因心臟病突發，送到醫院去了，生死未卜。

她又告訴我，上個星期六，後頭那條街街口的老祖父，正準備開車帶著兒子、孫女去機場接已懷孕七個月的媳婦。不料抱著孫女的兒子突然拌了一跤，孫女從膀子摔落下來，祖父正好倒車從孫女身上壓過去……。

我落淚了。

我想起許多事。偉剛自小家裏環境不好，父母自己勤懇節儉，把孩子一個個撫養長大。偉剛到美國唸書，省下每一分錢都或寄給大陸從未謀面的祖父、姑姑，或攢下買東西寄回家，帶回家。上班有了能力之後，更是一心想讓父親過得舒服些，至於兄弟姐妹，也是盡心照顧，甚至從大陸來未曾見過面的親戚，以及一個又一個熟與不熟的朋友。我們為了省下每一分錢，無不是能做的都自己做。我還記得，家裏只有一輛車的時候，偉剛開車去上班，我推著推車，推車裏是一歲多的孩子，在太陽底下，一路走，走到一哩以外的地方去買東西，只為了省下兩塊錢……。

我們一直很努力的希望能做到孝順父母、友愛兄弟、愛護朋友，然而一點一滴做下來，也是辛苦備至。

這幾年在修心上對自己一直有所期許，然而心念一動，就有煩惱。不覺反問自己，修的是什麼心？當我們對外在環境有所反應的時候，正是真實呈現了自己的內心。反觀自省，真是不容易啊！多少人可以因為外在環境的波動，而一樣如如不動？心念起，心念滅，一樁一樁事，似乎就是一門一門功課，一個個試煉。

路，走起來彷彿孤單辛苦，然而，心領神會，心開意解，走來卻也心安理得。

看著鄰居工人被抬上擔架，生死未卜，我不免想起紅樓夢裏跛足道人念的「好了歌」：

世人都曉神仙好，惟有功名忘不了。古今將相在何方？荒塚一堆草沒了！
世人都曉神仙好，只有金銀忘不了。終朝只恨聚無多，及到多時眼閉了！
世人都曉神仙好，只有姣妻忘不了。君生日日說恩情，君死又隨人去了！
世人都曉神仙好，只有兒孫忘不了。癡心父母古來多，孝順子孫誰見了！

只問自己，若此時自己閉目，是遺憾還是安心？
豁然開朗。

殘缺教會我——愛

靈兒聰明固執又敏感，初上學，三歲多那麼一點點，到學校，只肯玩屬於四歲以上的玩具和教材。老師說，沒有這種先例，不准。他弄不清楚，只覺委屈、受挫，天天哭。哭了七星期，校長沒辦法，讓他上大班。大班老師偏愛他，偏得太過頭，失去公平，大小孩嫉妒，趁老師不注意，把他打傷了，從此個性大變。

再上學，換了學校，老師看他聰明，喜歡得不得了。三個月後，卻嫌他太過安靜，說他是自閉症，最好轉校。又換學校，一樣，剛開始都歡喜，後來又說他太過活動，像過動兒，教起來太費心，不肯教他。兩年來，可以上的學校都試了，起初都滿心歡喜，後來卻又覺得他點子多、個性固執，沒一個願意長久教下去。到了五歲，終於上了公立幼稚園。老師擁有碩士學位，又受過特殊教育訓練，對他充滿信心，以為從此沒問題。不料靈兒才花了三個月的時間，就將二年級的功課都考完了。學校教材沒法滿足他，就開始在教室裡大搞「實驗」，把教室搞得一蹋糊塗。老師弄不過他，受到極大挫折，向上反映，無法勝任，不肯再教他。學校說，幼稚園不算義務教育，沒有畢業證書沒關係，反正他已通過二年級程度考試，將來可以直接上三年級，又再度失學。

三年下來，孩子無辜，卻在人生初起步，摔得滿身傷。而我們在各個學校奔波、商談中，受盡無法與人訴說的委屈和折磨。

覺得無路可走了，攜孩子到萬佛聖城，想見師父。

才進大殿，看到一對形色惶恐的年輕父母，推著嬰兒車從我跟前走過。不意瞥見那嬰兒，變形的頭，變形的臉，不能停止的流口水。我一下子愣住了！站在師父跟前，看著他的大手拍著孩子的頭，用著近乎哽咽的聲音對他說：「要乖，要乖乖哦！」

我看見師父的眼裡有淚影閃動，這就是慈悲麼？我的心裡受到極大的震動。

時間晚了，求師父的人都散了。回家的時候，一對父母牽著一個小孩，匆匆趕來。我清楚的看到那孩子，極小的頭，瘦弱的身子，一臉毛，一臉無知，心頭一震——原來，人的苦難那麼多！我已深沉的痛苦，比起他們，卻是那麼微不足道！

一路，我思索師父對我說的話——要迴光返照，善待孩子。

走進教室，才把東西放下，在一旁的凱蒂突然對著我伸出手來。凱蒂是一個必須終生坐在輪椅的孩子，也許行動上的極度不方便，生活圈子窄小而單純，以致二十歲了，還保有一張充滿純真而稚氣的臉，連聲音都細細嫩嫩的。她不會、也不能說太多的話，但是，她每次看到人，只要精神不太差，總微微笑，用她極特殊的嗓音對著人打招呼。她連頭都抬不大起來，終日安靜的坐在輪椅上。

此時，她伸出手來，必是希望我握握她的手。於是，我將手交給了她。

原以為她只是握握手打招呼，不意那隻手緊緊地、緊緊地握著我，我幾乎可以感覺到那股力量越來越強，像是用盡了她的力氣。她的手好粗糙、好粗糙，我甚至覺得微微有些疼痛。那股力量將我拉至極貼近她的身子的地方，我不禁悸動——她需要我的關愛嗎？

她的手不斷的用力，扭轉，我的淚差一點掉下來——我相信，那是一種愛，一種信任，一種依靠的傳答。我忍不住摟住她，另一隻手不能自禁地撫摸著她的頭——她有一頭光滑而細軟的頭髮。

良久、良久，她才放開我的手，我的心在流淚——有誰可以救救這樣的孩子呢？

常有朋友問我，孩子明明是學區鑑定過的資優生，為什麼不把他送到資優班，卻把他送到這樣的學校呢？

這樣的學校有什麼不好呢？

的確，這是一所特殊學校，有許多需要額外照顧的殘障孩子，在這裡接受教育。他們不但身體有缺陷，有的甚至智商不足。當初學區陪著我們看遍方圓十哩內的公私立學校，都無法滿意時，不抱任何希望的來到這所名單上的最後一個學校。不可否認的，乍見這些孩子，心頭一驚。但是，當我看到那群滿臉天真的孩子們，敞開笑容無忌的笑著，充滿愛的光輝的老師，耐心的陪著他們玩，跟著他們笑，我終於知道，這就是我們一直要找的——充滿愛的地方！

孩子在失去對人的信心後，他需要一個充滿愛的地方，去彌補他對人的信任，去學會怎麼樣愛人。

我們很高興，孩子有那麼高的天份，純稚的心始終未被污染。進入這個學校，就高高興興接受了這些人。除了額外給他設計的教材單獨上外，他和他們一起運動、上課、遊戲。下午就跟著他們看電視、購物，到特殊商店幫忙擦洗、收拾，甚至幫店裡賣東西。

他慢慢知道身體上的缺陷，可能是與生俱來的，也可能是因病傳染的，殘障不過是身體的一種現象，無關善惡，無關美醜，他們就是一個「人」。他接受他們，也愛他們，他不知道什麼叫做缺陷，什麼叫做不完美。他只知道，他應該幫助別人，體貼別人。

要培養一顆溫厚的心，去學習怎麼樣愛人，這兒是最好的環境。

我不知道這些孩子的家人，是用什麼樣的心情對待孩子？想來其中心酸痛苦辛勞，都是別人無法想像更不能代受的。於是，總希望逢年過節，或者孩子生日時，給他們帶些禮物，或者點心去。

今天孩子生日，照例帶了東西去。孩子將我包好的禮物一一分給他們，凱蒂和邁可才看到禮物，不約而同的歡呼：「哇！今天是我生日！」原來，原來他們只有自己生日才有禮物！我的心裡默默說：「孩子，今天是你們每一個人的生日！」

看他們每個吃得高興，玩得開心，我又想哭了。不知是為他們高興，還是為他們難過。

我想起世上有那麼多的歧視、紛爭、不滿和抱怨，都是由何而生呢？人們都太自私了，因為自私，只想到「我」。心裡只有我，就有分別心；有分別心，就有不平心；有不平心，就有紛爭。然後，在紛爭之後，有不滿，有抱怨，甚至有仇恨……。最後，失去愛人的能力。

一個不會愛人的人，也失去了愛自己的能力。瞧不起別人，也看輕自己。所以世界上有那麼多人，不能忍受別人的缺陷，尤其是身體上的殘缺。

生命是什麼呢？一個人的成長要付出多少代價呢？

其實，生命的美好，就在於生命中的缺憾在教育我們。認識生命本質，才能在其中培養韌性，享受真正的生命。缺憾幫助我們領悟，幫助我們成長；也幫助我們寬容和付出。一個懂得生命的人，才懂得愛，愛人和自愛。

殘障既不可恥、不可鄙，也不可憐、可悲——他們也有可敬的自尊，可喜的愛心。每個人都有缺失，能了解，能包容，缺陷也將不再是缺陷。

我感謝，因孩子的因緣，讓我一直在學習，一直反觀自照。

每天從學校出來，都覺得上天厚愛我太多。孩子會成長，有一天，他會離開這裡，去別的地方繼續學習，而，這些孩子呢？

我想起師父，一個無我的智者——無緣大慈，同體大悲。

此時，我才明瞭師父所說迴光返照的真義。

心頭的責任加重了。

祝福

領著靈兒進教室，發現他們班上來了一位新的小朋友。老師說，他叫「竹」，看來大約七歲多。這位叫竹，懶洋洋地躺在沙發上的小男孩，皮膚粉白，透著健康的紅潤，捲髮覆著前額，一看即知他的家境非常好。

靈兒班上同學年齡都比他大一截，平常也玩不來。去年來了一位布萊恩，比他大將近兩歲，兩人雖有說有笑，卻難持久，總是交談一下，便各玩各的了。靈兒第一次接觸到比他小的同學，興奮極了，每天都和他膩在一起。放了學，嘴裡盡是竹的種種。

我們很高興他有了玩得來的朋友，但是愈聽到他說竹的種種，一顆心就愈難過。竹在教室裡老是闖禍，一日不曾停止的到處吐口水，吐到老師的午餐盒裡。打同學、打老師、偷吃不同老師的飲料、午餐，打翻同學的便當、亂撕牆壁上的教材……叫他做什麼都說「不」，有時還嘻皮笑臉的說：「要、不要；可能要、可能不要。」好似沒有一天能平平靜靜過日子。

後來聽靈兒說，竹不是七歲，是九歲，比他還大上四個月。他永遠吃飯不好好吃，有時連一口都不吃，所以個子不高。他的功課也不行，才剛會加法，而且是必需數著圖片才會加。我想，也許是他身上有什麼病吧，或者是那兒沒長好，所以才一再闖禍。我很高興靈兒從來不會輕視他，相反的，還對他特別好。總是從旁告訴他什麼能做，什麼不能做；這個該怎麼做，那個該如何做。還不時的鼓勵他，對他說：「我愛你！」

後來遇到幾次放學來接他的一位中年婦女，談起來才知道是專門接他放學，帶他去參加各種活動的保姆。從竹三歲，她就開始帶他了。她說，竹是一個不知道什麼叫「危險」，到處闖禍，越叫他不要往那兒去，他就偏往那兒去的人。

就在那個星期六，布萊恩的生日宴會中，我們見到了竹的父親。一位看起來脾氣好得不得了的眼科專科醫生。他一再歡迎我們去他家玩，並當場約好我們星期一就去他家玩。

為了雙方能多了解，也正式些，星期一我和先生如約到他家。他家在頗多拉山谷，很遠，也很漂亮。那個被靈兒形容為「像皇宮一樣」的家，只有普瑞達和竹在等我們。普瑞達告訴我們，竹的母親是皮膚科醫生，他們另有一個兒子巴比兩歲多。

我們陪竹玩了一陣，要走的時候，竹的父母回來了。大家寒喧自我介紹以後，竹的母親憂心的問了許多關於學校的問題。基本上，她不信任這個學校，起碼她覺得她的兒子的功課沒長進，對學校、對老師的抱怨很多。我看著她稜角分明的輪廓，焦黃的頭髮，覺得她臉上每一根線條都清楚的告訴了我她的憂心，以及她較先生來得剛強的個性。後來她談起竹又會游泳、又會溜冰，騎馬更是一級棒。說著，她露出了笑容。哦，天下痴心的母親。

後來我依約，每星期一總讓靈兒和竹一起玩。有時到圖書館、書店，有時到公園走走。一天，普瑞達跟我說，竹的父母終於說動他的音樂老師，每星期二讓靈兒免費跟他一起上音樂課，就從第二天開始。我聽到這件事覺得很奇怪，他們為什麼沒有事先跟我商量呢？心想，也許竹的父母用心良苦，不妨先去，看看情況再說。

第二天放學，普瑞達說，竹必須先看心理醫生，我們只好跟著他們到醫院。到了竹家，老師來電說將遲到半小時。這時我才知，竹的問題很多，注意力不能集中，行為嚴重偏差，四年級功課遠遠落在一年級左右。普瑞達說，竹在班上最喜歡布萊恩、邁可和靈兒。布萊恩的父親是教育博士，對教育布萊恩花了很大的心血，他們希望布萊恩能和竹做朋友。試過幾次之後，布萊恩家人不願意布萊恩再跟竹繼續交往下去。而邁可身體有些缺陷，他們沒約過他。最近他們發現，竹非常喜歡靈兒，近乎崇拜，他誰的話都不聽，只聽靈兒的，所以希望靈兒能幫竹。

音樂課時，老師說，明顯的，竹的情況改善很多，希望我們能幫下去。

我們盡了很大的力去幫助竹。尤其星期二，我要上國畫課，中間往往無法趕回家吃飯，接了孩子又趕到竹家，一待兩小時，回到家已累極，還得打起精神做晚飯。有時太累，心生退意，靈兒說：「媽媽，妳不是說過，幫助別人是不要回報的嗎？」我也只好來回的跑了。

一天，普瑞達告訴我，老師認為竹進步很多，音樂課將改成兩星期上一次，不需要靈兒再陪了。後來遇到竹的父親，他謝謝我們幫他們不少忙，他說，他知道靈兒不敢游泳，想幫靈兒，所以特約靈兒去他們參加的游泳俱樂部裡游泳，說裡頭有老師會教孩子游泳。我們興沖沖的和竹去，竹見到水，就像魚一般，瞬間不見人影。不敢游泳的靈兒害怕的站在水邊，一勁兒的傻笑。我跑去找老師，老師說教一次半小時，收費二十四元。我愣在那裡——我們家有游泳池，請老師一對一教，半小時不過十九元。

我想不通，這是幫我們嗎？還是——這就是美國人的作風？

後來竹的父母希望靈兒能參加他們為竹報名的露營，並希望我七天都能在營區當義工，好陪他們；不然就轉請普瑞達一起帶靈兒，我和普瑞達自己算錢。普瑞達說，她平日下午兩點半接竹放學，帶他參加各種復健，到五點半竹父母下班進屋，一天工錢八十元。假期全天，另外加錢——這樣貴的保姆，除了他們，誰請得起？我婉拒了他們。

一天，普瑞達告訴我，竹上音樂課又不行了，已恢復一星期一次，希望我們再去陪他。

靈兒說，他不願意上音樂課。普瑞達力邀我們去馬場，看看一直想騎馬的靈兒，是不是能報上名，和竹一起騎？

去了馬場，才看到價目就嚇壞了——一星期一次，一次半小時，去掉假期不上課，一年收費三六〇〇元。

我看到竹自在的騎馬，感觸良深。像這樣的花錢法，難怪他既會潛水又會騎馬。一個月，他的父母花在他身上的錢，足夠養普通人家的一個小家庭了！他是生在一個有錢的，父母還可以用錢來解決很多問題的家庭裡；如果他是生在一個窮人家，是不是就被犧牲掉了？

暑假期間，普瑞達一再要求我一星期見一次，一起吃中飯。四次當中，有兩次普瑞達帶極少的午餐，幾乎都是吃我們的。其中一次吃完倒頭就睡，把孩子丟給我看。最後一次在麥當勞，她只買一份，竹吃完一直要吃靈兒的。靈兒很大方，分了些給他。他吃光了仍要，普瑞達就是不買，竹只好一次又一次的向靈兒要。後來我不准靈兒再分給他。我認為朋友互相分享是應該的，但是像我們這樣，只是給予，不曾得到任何回報，似乎不是朋友相待之道。何況，竹的父母每餐都付給普瑞達和竹在外吃的錢，她自己吃不吃是她的事，起碼她該給孩子足夠的食物。不能每次都來向我們要。而且，這樣對待孩子的結果是，竹將永遠不知道什麼叫分享，他甚至以為別人的東西他都可以吃。

爾後，在家或在外，諸如此類不清不楚的事件愈來愈多，我不得不思考這樣做是對的嗎？細細回想和竹來往的這大半年，除非正巧碰到竹的父母，彼此說說話，否則他們從不和我們接觸，凡事都交由普瑞達處理。我們的建議他們從來不採納，總要堅持己見，然後怪罪學校不好。聽普瑞達說，竹的父母從沒有花過一分鐘教他功課，平常也不大和老師溝通。他們總以為只要花錢就好，付很高的錢給保姆，報名參加這、參加那，就夠了，這就是竹的全部。而聽普瑞達說，竹的父母所能給予他的就是「錢」而已，沒有關心與付出，他們所有的愛都給了巴比。

我聽了好難過——如果不是憐惜這樣的孩子，我何苦東奔西跑自找罪受？

竹的父母是醫生，原想上天給他們這樣的孩子，是為了激發他們更寬廣的胸襟和慈悲心來對待病人，轉而對待世人。但是，看來他們放棄了。他們甚至不知如何對待自己的孩子，對待那些真正待竹好的老師和朋友。而他們付高薪的普瑞達也只是這樣了！能省錢就省錢，能省力就省力。對待孩子，光有愛是不夠的。雖然我曾婉轉的和竹的母親交換一些經驗，她並未接受，只是說，靈兒很幸運，因為他很聰明。我無法再說下去。其實靈兒的成長過程中，也飽受生產缺氧所帶來的種種不為人知的辛苦和痛楚。靈兒的進步是我和他一起用血和淚換來的。對於竹，我所能盡的力，也僅於此了。

開學了，連著兩天，靈兒回來說，竹看到他的中餐就要吃。跟他說不，他就打人。

我問他：「你解釋給媽媽聽，什麼叫『分享』？」

他想了一下說：「分享，就是把東西給別人。」

傻氣十足的靈兒，從未從竹那兒接受過些什麼，難怪他以為給予就是分享。

和老師談到這些情況，老師很感慨的說，教這樣的孩子不易，很累。但是，她充分的感覺出美國人和中國人的文化差異，美國人在這方面是遠不及中國人的。對竹來說，除了盡老師的本份之外，她只能說「祝他好運」。

離開學校，我很難過，卻也無能為力。

最近靈兒提了幾次，說竹再也不帶便當了，他的父母買好一盒盒的餅乾，要求老師每天中午就用餅乾塗些花生醬給他當午餐吃。而普瑞達也告訴我，現在竹的父母要求她每天在他們回到家之前，讓竹先吃好晚餐。當然，竹所有的晚餐便是冷凍電視餐。

真是有這樣的父母嗎？

我想起靈兒曾經問過我：「竹將來長大了，會不會變好？」

我希望。我說。

祝他好運。

無緣大慈・同體大悲

——紀念師父　宣化上人

六月七日，中午和朋友通電話，不知怎的，突然提起師父　宣化上人，說起師父種種的好。下午唸完經，大約兩點多一些，靜靜站在佛堂前，看著師父的相片，直到去接小孩放學。第二天早上，朋友打電話來，說師父已於六月七日下午三點十五分圓寂。

放下電話，放聲大哭，哀痛逾恆！難道昨天，心靈深處已感應到師父要走了，捨不得，趕著去見他最後一面？

我只是哭，什麼都無法做，心裡想，師父去了，我們不都成了孤兒？日後在修行的路上，誰還能像師父一樣，心心念念都是我們，不斷的關懷、指引我們？果紳師姐知道我，抑制悲慟，告訴我，走的是師父的肉身，師父的金身還在。心靜意誠，自然可以感受到師父。

木然的走到前院，蹲在地上拔野草。只有做這樣單純、機械式的粗工，才能抑制住不斷掉下的淚水。突然，我覺得四周異常的溫暖，強烈的感覺到是師父，師父的金身暖暖的包圍著我，讓我知道，他還在，他就在我的身邊，不要再哀傷，不要再害怕！

十五日黃昏，朋友都走光了，或南下扶柩，或北上幫忙，以待次日在萬佛聖城迎接師父靈柩。我很哀傷，因為我沒法出門。而，那天夜裡，我夢見了我去扶柩！

我又落淚了！師父，師父知道我，他永遠滿我的願！

生活周遭裡，是誰心心念念都是我們，一直滿我們的願呢？我想，只有父母了！第一次在萬佛聖城見到師父，就有一種強烈的感覺——他是我爸爸！看見他，只想衝上前去，趴在他的膝上，痛痛快快的哭一場，讓他的大手輕拍我的肩，說：乖，不哭！不哭！

那天，帶著孩子去，只想讓孩子親近他，我甚至不懂得要頂禮。孩子走上前去，他大手舉起來，極端嚴肅的就往孩子頭上拍打。因為用力，袖子翩然，拍在頭上砰然作響。從沒有人見過師父對著一個才五歲的孩子的頭這樣用力的拍打，起初大家都因為聲音大，忍不住笑起來，後來眼見師父一下接一下，神情異常嚴肅，一個個都斂起笑容，靜肅起來。師父拍了五下，專注的對著孩子說：「要乖，要乖乖哦！」師父的聲音似帶哽咽，我驚訝的看著他，他的眼裡彷彿有淚。我受到極大的震撼！我不過是一個徬徨的母親，我對佛法一無所知，而師父，卻有我所不能瞭解的至情和悲心！

那天以為下午舉行皈依儀式時，可以向師父好好頂個禮。不料下午是由別的法師代為舉行皈依儀式，沒給師父磕到頭，心裡一直覺得很遺憾。而那天夜裡，我夢見師父身著袈裟，端坐在一個廣場上，身旁、身後或坐著、或站著許多出家人。天地一片亮光，亮到彷彿是正午陽光就在他身後，萬丈光芒，街邊幾棵行道樹的葉邊，泛著金邊，閃閃發光。廣場前許多的出家人和在家人都向他頂禮跪拜，兩邊路上只有幾個行人，看到他，也都跪下頂禮，我和孩子也跟著跪拜頂禮。

是師父滿我的願呵！

從那時起，我開始研讀經書，做功課——也開始學習如何真正做人！

初學佛，總不得要領，老往外求。求心愈切，事情愈不能迴轉。有一回見師父，求心切，在大殿竟逾矩，師父臉一拉，微慍，說：「儀式開始了，去拜佛。」我一方面覺得向來規規矩矩的我竟逾矩，感覺極為羞慚，一方面被拒，心裡很難過，頭一低，眼淚就湧出來，在眼眶裡直打轉。師父見了，臉一鬆，和藹溫和的對我說：「去，去拜佛。多拜佛，多拜佛。」

我低著頭，反反覆覆回想著那一幕，突然，我想通了！原來，學佛是不能往外求的，而是要藉著拜佛多反觀自照！我想起第一次師父對我說的話——事情所以會這樣，都是因妳而來！多多迴光反照！

是啊！欲知前生因，今生受者是，看自己，不都明白了嗎？唯有從內心懺悔起，才有消業的可能。各人因果各人償，往昔所造諸惡業，無人可代受。想起從前，我和許許多多不明理的人，只曉得求師父，不知道師父為了眾生，已為眾生背了多少業！難怪我曾夢見年事已高的師父還揹著我走！

師父四處弘揚佛法，平日要處理的事情又多，而我們去萬佛聖城，單程就要三個多小時，要見師父一面並不容易。而每次心裡有事，或者想念師父，就會夢到師父。夢裡，他總會告訴我一些佛理，醒來後慢慢參，參透後，受用無窮。雖不常見他，卻感覺到和他親，他親如父，而我是孺慕之子。雖說不常見到他老人家，然而他對弟子的用心，他話中的真義，我似乎頗能心領神會。然而修行道上，理能頓悟，事相上仍需漸修，對於我自己經常的懈怠，常覺愧對師父，不可原諒！而他一遍一遍的包容我們，指引我們，對我們從不放棄希望。許多見過師父的人都說，看到師父都覺師父像他們的爸爸，我想，那就是因為師父的慈悲吧！他的大慈大悲洗滌了我們塵垢染污的身心，讓我們覺得在徬徨中有依靠。任何時間、任何地方，只要想到有師父在，就可安心了！

師父　宣化上人，名安慈，字度輪，東北吉林雙城縣人，俗姓白。「宣化」乃上人受命為溈仰宗第九代嗣法傳人時，由　虛雲老和尚特賜的法號。十一歲時，見死人而頓悟無常，決至修道。上人平日事父母至孝，十九歲遭母喪，禮請三緣市　常智老和尚為剃度，出家後，結茅蘆於塚旁守孝，三年期間拜華嚴、禮淨懺、修禪定、習教觀。後往普陀山受具足戒，繼續南下，到廣東曹溪南華寺拜見當代禪宗大德　虛雲老和尚，蒙虛老委為南華戒律學院教務主任。後至香港，數年間設立三大道場。繼往澳洲，續赴美，從此在美不顧辛勞艱苦，竭力栽培一班美國大學生出家修道，將佛法弘揚於西方。上人於一九七六年建立四眾修行之所——萬佛聖城，附屬於法界佛教總會，城內設有法界佛教大學、培德中學及育良小學，並立下萬佛聖城六大宗旨：不爭、不貪、不求、不自私、不自利、不妄語。

萬佛聖城除專注於戒律與修行外，並積極弘揚佛法，大量翻譯大乘經典為各國文字，使佛法傳遍寰宇。上人六十多年來謹守佛制，日中一食，夜不倒單，日日講經說法，並抱定三大宗旨：不攀緣、不化緣、不求緣。捨命為佛事、造命為本事、正命為僧事。

師父用各種方法誘導眾生，多年來心力交瘁，透支過甚。有時才聽說他積勞成疾，卻又見他奔波海內外各道場，弘法利生，為法忘軀。他甚至經常絕食多日，將功德迴向給眾生。他從來沒有為過自己，已然不支了，仍說：「我甚至不會用一根手指頭的力量，來幫助這個躺在病床上的自己！」

六月七日下午三點十五分，無私無我、大慈大悲的師父　宣化上人將無盡福報迴向法界，入涅槃。

想他為眾生這樣不顧自己，心裡豈是「哀慟」這兩個字可以形容的。淚無法停止，心無法安定，飯吃不下，夜裡輾轉不能成眠……

翻開皈依證，仔細體會師父的十八大願，看到他的第十一願：「願將我所應享受一切福樂，悉皆迴向，普施法界眾生。」以及第十二大願：「願將法界眾生，所有一切苦難，皆悉與我，一人代受。」他的悲、他的願、他的行，一如菩薩，而今，他走了，眾生何所依？

心裡只是想著師父、師父……

十七日上午去萬佛聖城，瞻仰師父。

念佛聲中，站在靈柩前，定定的看師父。

師父完全變了一個樣子——我震驚得連淚都止了——師父和六祖一個模樣！

所有的悲哀、傷慟、徬徨、恐懼，全在這一剎那間粉碎！

我突然想起二祖慧可初見達摩祖師時中間的一段對話：

慧可：「我心未寧，乞師與安。」

達摩：「將心來與汝安。」

慧可：「覓心了不可得。」

達摩：「我與汝安心竟。」

此時我的心得到未有的安定，心中不由衷心慨歎：大師就是大師！師父將我的身心都安頓好了！

走出方丈室，想起那天夢見師父，師父掙扎起身問：「師父走了，今後大家怎麼辦？」我回答說：「當以戒為師。釋迦牟尼佛將入涅槃時，阿難曾以四事問佛，其中一問是『我們以後將依什麼為師？』釋迦牟尼佛答道：『要以戒為師。』戒，就是戒律，大家要守戒律。」

師父無私的奉獻了一生，留給弟子的是哀慟、是追思、是感恩，以及完美的風骨和修行榜樣。

師父從虛空來，又回到虛空去，因此，我知道，今後師父才將真正的無所不在。

二 情愛篇

天方夜譚

不知怎地，這兩年老不自覺的掉入兒時記憶裡，記起還在臺中的日子。

六歲就搬離臺中的我，不知為什麼對那段極其幼小的日子，記憶那麼深刻。

而記憶之中，多半又只有三姊——三姊和我——一個小得不能再小的小不點，鎮日跟著比她大不了多少的小姊姊的屁股後頭走。

有一回，跟著三姊走，只記得天氣冷，我穿著個長到膝蓋的大衣，黃土走走還揚起灰，路旁高木林立。

「哎呀，妳看，這是什麼?」我指著土裡露出來圓鼓鼓、白白的像雞蛋一樣的東西，問三姊。

三姊撥開土來一看，「是雞蛋呢!」

她急忙把蛋揀起來，教我把它放到大衣口袋裡——回家可以想辦法煮來吃哩!

我對那枚雞蛋好奇極了，不由把手伸進口袋裡摸呀摸地。突然，我感覺那枚雞蛋好像破了。

三姊聽我說雞蛋破了，把我罵了一頓，生氣的教我把雞蛋拿出來。

這一看，兩個人都傻了——好臭啊！

原來是一隻孵到一半的小雞哪！

有一次不知跟三姊到了哪兒，走了好久，後來到了護城河旁。三姊說，她想到河邊洗個手。我那時突然幻想——如果三姊掉到河裡，衣服弄溼了，就可以到附近的林美玉家，借她的衣服來穿——她的衣服都好漂亮喲。

心裡才想著，三姊就掉到河裡去了。

我嚇壞了，跑到旁邊一看，原來河邊的水龍頭下長滿了青苔，三姊是滑下去的。

衝力太大，摔得不輕呢。我想下去救她，無奈個子實在太小，根本下不去。

我站在岸邊，看她哭哭啼啼的找大石頭爬上來，心裡好後悔、好後悔。

雖然我們果真拐到林美玉家，三姊換上了漂亮的衣服（她是那麼美），而我一點也不開心。

有一天，一個人在院子裡玩。院子裡擺了一個舊了的床，準備要丟的。一個人沒事幹，就在床上跳呀跳的。

三姊放學回來了，欲進門，發現屋裡的門是鎖的，進不去。

「媽媽呢？」三姊問。

「出去啦！」我一邊跳，一邊回答。

不料三姊一聽說媽媽不在家，當場放聲大哭起來。

看她哭得傷心，我坐下來，也跟著哭起來。

三姊看見我哭，立刻停止哭泣，摟著我說：「乖，不要哭，三姊不哭了。」

她不哭，我自然也不哭，兩人就玩起來。

那時媽媽常不在，有一次等媽媽等到天黑了，大家肚子好餓，媽媽還沒回來。後來還是隔壁送來一包炒麵粉，二姊急忙煮了水，沖泡給大家吃，才算暫時解決飢餓問題。

我沒有印象，媽媽是什麼時候回來的。而那時，暈黃的燈光下，四個孩子圍著一張桌，四周寂靜，無言的等著媽媽的感覺，一輩子也不會忘記。

那時隔壁住了個啞巴，好年輕就生了孩子。有一天，我在馬路對面空地裡堆著的磚頭上，看到一隻翠綠無比的烏龜在上面爬，我大聲叫媽媽來看。

媽媽還沒出來，隔壁啞巴媽媽衝出來，抱了烏龜就走。

沒多久，啞巴媽媽拉媽媽去她家，說要請媽媽吃東西。媽媽才進去，幾乎吐著出來——原來，她把那隻烏龜殺了！媽媽不敢吃，她還笑媽媽傻呢！

到現在，我依然清晰的記著那隻漂亮的烏龜，而每想起來，就是一陣惋嘆。

那段日子裡，似乎一直沒有關於妹妹的記憶。不知是她還沒出生，還是因為她太小，媽媽出門都帶著她？

唯一的一次，是全家到一個叔叔家玩，他家院子好大，好幾棵荔枝正結著果。妹妹小，又漂亮得像個小仙女，大家都搶著抱她高高摘荔枝，三姊還被蜜蜂螫了一口。

搬到臺南以後，三姊突然和二姊成了一國，我和妹妹自然變成一國。

生命的豐富，連帶著記憶亦是豐盛和甜美。提起臺南種種，大家都記得，提起臺中的記憶，除了啞巴媽媽殺烏龜大家都記得外，我說的彷彿是天方夜譚。

那麼，我就把天方夜譚記下吧！

永不磨滅的愛

父母要回臺灣，該買的東西都幫他們買好了，該辦的事也都辦妥了。回臺的前一天，父親突然說要來家裡一趟。

父母家離這兒開車只要十七、八分鐘，他們自己坐公共汽車單趟卻要兩個小時。除非有特別的事，他們必須來一趟，平常都是我去看他們。我問父親還有什麼事，我去辦就好了。他堅持來一趟，說「有事情要交待我」。

我的心開始七上八下，父親已經八十三了，身體再硬朗，也不比從前了。然而他那比身體還硬的硬脾氣，這些年雖好多了，有時不順心起來，還真讓我戒懼。

父親終於到了，走上一大段路還微微喘著。他才坐下來，就咧了一張純真的笑臉說：「也沒什麼事，就是想起來妳的畫，這半年畫得相當好了！想妳只有幾個規規矩矩的私章，不夠哇！妳看看那些古畫，總有幾個不同的章。我想回去給妳刻幾個好的章來，選些不一樣的樣子，長方形的、三角形的、橢圓形的、不規則形狀的，大的、小的，蓋上去，才好看呀！還有，好的印色也很重要，比較能夠持久。另外，畫畫得好，字也要好，我再給妳選幾個行草的帖子練練……」

父親來，就是為了這個！我感動得久久不能自已。

三十歲以前，父親好比泰山，望之儼然，我看了他就怕。

後來七、八年間，他來來回回的來看我們。一年、一年，他越來越老了！角色慢慢在轉換。他把我們當大人看，謙虛而尊重我們。

這兩年，他和母親終於決定在此定居。剛開始，什麼也沒有，我們一樣一樣幫他們打點張羅，車子來來回回開。有時他們不舒服，又是看病又是拿藥。他們見我疲於奔命，很努力的學習自立，自己買菜、看病，把自己照顧得很好。每次講好時間去看他們，父親必是一通又一通電話催，母親則站在門口等，而廚房早已飄著香味。

生活型態的改變，父母依賴我們的時間越來越多了！從前他們為出門的兒女牽腸掛肚；現在反倒是我為他們牽腸掛肚了！不知道冬天太冷，捨不得開暖氣？是不是又捨不得花錢買東西？營養夠不夠？菜會不會太鹹？是不是每天都維持走路的習慣？

朋友笑我神經緊張。也許，然而他們是生我養我育我，到現在都還疼我的父母啊！

生孩子那年，父母來幫我做月子。那時，母親的身子壞透了。倒是父親，走到哪兒，人家都稱讚他看來才五十多歲。這幾年，母親的身子、氣色越來越好；反倒是父親，過了八十之後，體力一年不如一年。有時想想他一生未能滿願的宏願遠志，我忍不住要為他掉眼淚！

我們幾個除了急脾氣像他，各個都隨遇而安，沒什麼大志。我知道他一直對我有著深深的冀望，然而我結了婚，什麼大志都丟到一旁去了，只是癡心的守著我的寶貝獨子，過著單純不過的家庭生活。

這兩年重拾畫筆，學學停停，有些作品也總算差強人意，有人欣賞有人要。想起小時候，他說楊家有寫字的天份，希望我能練練字。當時的我，寧願畫畫也不肯練字。現在，許多人告訴我，我的畫好，可惜字不好！

父親大老遠跑來，我明白，那是愛，永不磨滅的愛。愛裡頭有疼、有寵，也有企盼！

父親說完就回去了。送他們到車站，他倆一直朝著我揮手，要我早早回家。看著他們白了頭的背影，我的淚又忍不住盈滿眶。

過年

小的時候，過年是一年當中最重大的一件事了。

因為重大，過年便交織著期待、興奮、滿足、熱烈與興味盎然的情緒。

從臘八開始，家裡就滿溢年味了。儘管那時家家環境不是很好，有時甚至連新衣都沒有，但是年貨卻少不了的。祭祀祖宗的香燭花果準備好之後，一天一天家裏總有新添的年貨。院子裏曬著的香腸、臘肉，讓人想望著飯鍋開蓋時，那蒸得肥胖香腴，令人垂涎的一刻。環境好些時，還有特殊風味的豆腐香腸，薰著臘肉的爐裏，整個下午飄著誘人的香味。然後是冬瓜糖、花生、瓜子、龍眼乾等各色點心。孩子們的情緒跟著年貨的增加而日益高張。

除夕那天進入最高潮。從中午，誰也不准再出門，全家梳洗乾淨，靜待在廚房裏忙得不可開交的父母準備就緒。桌上擺滿了大菜之後，拈香燃燭虔誠祭祖，歡喜雀躍的享用年夜飯。向來嚴肅的父親，這頓年夜飯卻異常慈藹，訴說著先人事蹟老家種種，教人神往。

飯後分壓歲錢，孩子們拿到錢後，好戲才正式上場。總要玩牌玩到「守完歲」為止。屋裏溫馨熱鬧，屋外炮竹劈利啪啦的炸著，恍如置身夢裏。

年歲增長，不知是那舊時的歡樂已不再能滿足需求益多的心？抑或是人與人之間的情味愈淡了，過年那種熱烈的氣氛縹縹緲緲的慢慢散了、淡了……多年之後總教我益發的懷念那幼時的無憂和企盼。

渡海而去之後，過年遂成為夢中翻迭的字眼。

過年，是相思的時候，是緬懷的情緒，是屬於海的那一頭親人的專利。只能在大年夜的夜裏，在電話裏頭聽上那麼一點點屬於過年的歡笑聲。

而後父母來美定居，每到過年期間，仍辛苦的守著屬於中國的節慶，四處張羅年貨。一年、二年、三年……那屬於過年的氣氛漸從塵封的記憶中甦醒。

雖然該上班的還是要上班，下一代的孩子們對守歲毫不動情，而能圍攏著年邁的雙親，讓他們過一個溫馨的除夕夜，也是幸福的。海那邊的人過年，是為孩子；海這邊的人過年，是為父母。

臘八尚未來臨，母親已經開始準備年貨了。她說，連臘肉都已經做好了。

一位朋友告訴我，他突然想吃小的時候過年時吃的一種糖，超級市場到處買不到，昨天他硬開車到舊金山的中國城，找到了這種糖，一買買了二十包。

我的眼裡慢慢沁出淚水來，父母不在的他，對過年的記憶，怕是對父母的思憶吧！

我知道，無論在那裏，日後，年必是要年年過的了！

胡椒樹

從前每天送孩子上學，單趟就要七哩半。開過社區小路，然後轉進車水馬龍的國王大道，再轉到設有大醫院的馬路。一路上經過十八個紅綠燈，五個暫停十字路口，走走停停，往往起床時的好心情，一路上給折騰得只剩下疲累的感覺。車子最後彎進社區小路，說是小路，車子不少。灣區人好似永遠都在趕時間，車子總是超速。時速二十五哩的地方，多要開到三十二、三十五哩。偏這條路又長，警察先生又愛藏在某個地方守株待兔，開起車來就有極大壓力。超車怕被抓，慢慢開嘛，後面的人不耐煩，車頭幾乎都要擠到車尾了，一條長長的馬路，覺得開也開不完。

直到開到了馬路的最後一段，車子少了，心情才放鬆下來。而這一段路，每家房子都大，有的還有自己的專屬車道，花樹相間，清新靜謐。每次車一開到這裡，所有的緊張焦慮一掃而空。馬路邊兩排不知名的樹，似柳又不是柳，永遠清新的嫩綠，像才萌芽抽葉的新柳。細細長長的枝條，點點綠葉，隨著輕風漫舞，詩意極了。有時下雨，有時起霧，迷濛中更顯出它的輕盈飄逸。

這是什麼樹呢？除了樹幹較粗較高，垂枝、葉子都稍短，枝葉也不如柳樹那麼茂密，仍是掩不住的丰姿。

一天孩子回來，拿了一包東西給我：「媽咪，這是瓊帶我去摘的新鮮胡椒。」紅紅的小小果子裡，有個子子，果真是新鮮胡椒的味道。

「你們在哪兒摘的？」

「就是在學校後面小公園停車場的旁邊呀！那邊不是有幾棵胡椒樹嗎？」

停車場旁邊的樹，不就和學校大門前一大排的樹一樣嗎？那不是我每天都要讚歎一番的不知名的樹嗎？怎麼可能呢？這樣飄逸的樹，怎麼可能長出和廚房烹飪有關的「胡椒」呢？

孩子看我一副「不肯」相信的樣子，說：「明天我帶妳去看看。」

第二天，我特別停下來挨近看，果真葉間結著成串閃著陽光的果子。小小的果子，串在一起，稀稀的藏在葉裡，還頂好看的呢！

然而就是無法說服自己相信，那就是作菜要加上去的「胡椒」。後來查書，發現雖然這樹叫胡椒，卻和作菜加的佐料胡椒不同。

儘管這樣，每次用胡椒，還是想起那排樹，好像飯菜裡也有了詩意。

後來又在附近看到好幾棵和胡椒樹極像的樹，孩子卻說那不是胡椒樹。仔細看，是從沒見過它們長過果子。

最近搬了家，再不走那條路，忽然起了相思，藉著買東西，又長長的路走了一回。

今晨拉開窗簾，不意瞥見後側院有絲絲綠葉似柳輕搖，心中一陣狂喜，該不是一棵胡椒樹吧？

等著孩子回來「鑑定」，孩子看了一眼，說：「那不是胡椒樹，是那種很像胡椒樹，卻不是胡椒樹的樹。妳沒注意到？這種樹的葉子比胡椒樹小一點、短一點？」

的確，它的枝葉也不如胡椒樹茂密，少了那份朦朧。然而，隔著窗子看，絲絲枝葉隨風飄逸，仍是讓人見了歡喜。是不是胡椒樹，也就不那麼重要了！

慢慢成長

朋友寫信來，說，忙死了。夫妻上班，週末不得閒，兩個孩子學鋼琴、溜冰、滑雪、踢足球、打棒球、跳舞、游泳，畫畫，外加中文。這位朋友信中充滿了對這一對子女的期望，也滿溢著子女表現優異的驕傲。我看得都累了，孩子學這麼多不累？

孩子三歲的時候，有朋友來，鼓動我將孩子送去學「功文數學」。我想，孩子再聰明，也才三歲哪！功文數學也許有它的功效，我卻一直不喜歡它的方式。後來有人送我兩本功文數學的習作，孩子不愛做，然而，他不過三年級，卻已能做六年級的數學。沒參加功文數學的「補習」，數學未必不能成才呀！

孩子膽子小，又謹慎又敏感，逼著他學東西，雙方都得承受壓力和痛苦。於是我抱著一種想法，三歲會騎腳踏車和五歲會騎腳踏車，成長之後又有什麼差別？五歲會游泳和九歲會游泳，對他的人生也沒多大分別，何必「苦苦」相逼呢？自然，有的小孩天生下來就是一塊料，怎麼教怎麼好。偏我的小孩樣樣就是慢半拍嘛！於是，我們都慢慢來。鋼琴彈他喜歡的，不參加發表會，反正一開始也沒冀望他成為音樂家。學校帶孩子們去溜冰，他買了票，堅持只看不溜，一年下來，他忽然說：「我想溜溜看！」鞋穿上就會了，省了我們許多擔心受怕的緊張經驗。

曾經有朋友笑我教孩子是用鄉下人的方法，春夏秋冬讓他光著腳在後院裡玩水玩泥巴，抓蟲捕蝴蝶，什麼時髦的玩意兒也不讓他學。現在孩子大了，回過頭來看他，快樂的小伙子還帶著憨氣和純真，說著一口毫未洋化的國語，也願意跟著老師去學騎馬了，知道他樣樣雖仍慢半拍，卻平穩的、欣喜的成長。

一位朋友的孩子常胃痛、頭痛，醫生說是壓力。在這兒長大的中國人，自幼承受中西文化的衝突。週末上中文，平常請家教教英文，學這學那，原本賞心悅目，好玩有趣的事，因為父母的期望成了壓力——這一代的孩子原該都比我們上一代幸福的啊！

一位朋友為了怕臺灣升學壓力大，移民來此。然而來此後，又嫌這兒功課太輕鬆，開學前漏夜去排隊，只為了那間小學極注重功課，不是英文就是數學。放學後請家教、補習，忙進忙出，唉聲嘆氣。大家忍不住問她，所為何來？但是，這補習之風似乎真又吹到美國來了。據說在洛杉磯光華人的補習班就多達四十家，一個孩子每月補習費用約兩百元。翻開報紙，盡是超級心算中心、功文數學、SAT等等的招生廣告。也有小孩才六歲，就送去學日文。務必將來達到中、英、日三語通達。當然，給孩子好的環境、讓他多學東西是好事，但是弄到孩子壓力大就有檢討的必要了！童年，也只有幾年不是嗎？

三千煩惱絲

當母親第一次發現我有白頭髮時，幾乎是驚叫著的。

我的心凜了一下——我才三十三呢，怎麼就長白頭髮了？

「來，我幫妳拔掉。」母親說著，快手快腳的就幫我把三根白頭髮拔掉了。

母親三十多開始長白頭髮，一長就沒停過。後來愈長愈多，多到必須不時的拔，才能稍稍改善髮色。起初替母親拔還覺得好玩，後來就覺得不耐了。母親只好按「根」，或者按「分」付錢。拔呀拔的，姐姐妹妹都不肯再拔了，只有我這個乖乖牌還是個老忠實。眼看著母親頭頂上慢慢露出頭皮來，小小心靈突然感悟到母親是開始老了。後來白頭髮拔得再沒長得快時，母親開始染髮，我也結束了我憂鬱稍早來臨的童年。

母親的頭髮又細又軟又少，而哥哥和我們四個姊妹卻各個頭髮又黑又粗又密又亮。平常短髮還不太明顯，頭髮一留長，根本就是一匹黑得發亮的緞子，耀人雙瞳。

幾個姊妹對自己的頭髮各個珍如珠寶，一個也捨不得剪，捨不得燙。偏我們這幾個小姐苗條，怎麼吃都不胖，頭髮硬是一個月可長上半吋。一個寒假過去，我可以從一個短髮變成披肩長髮。朋友們問我，是不是在腦袋瓜子上放了「催化劑」？最後下了一個結論說——「馬瘦毛長」——營養都吃到頭髮上去了！

婚後仍然留著註冊商標——直長髮，繼續做著飄逸的浪漫之夢。

不料生完孩子半年之後開始掉頭髮。起初因頭髮多還不覺得，後來總覺得長髮不再適合自己，研究半天才發現是因為頭髮少了許多，撐不出那股氣勢啦！頭髮不再光亮，臉色髮色互相掩映，更顯人老珠黃。這一驚，非同小可。正想著該怎麼補救，母親又發現了我有了白髮。那種失落和感傷，真是難與人說。

母親拔完頭髮，不勝惋息的說：「唉！妳怎麼跟我一樣早生華髮呢？」

想起上了七十的母親，平日動作遲緩，今天幫我拔白頭髮卻是眼明手快，動作乾淨俐落。想來也是心疼女兒吧！

白頭髮長長停停，尚可掩人耳目。然而繼續掉個不停的頭髮，當真是又乾又稀薄了。頭皮也漸漸露出顏色來。向來愛吹風的我，現在卻見風頭就痛。

「頭髮該燙啦！」每次去剪頭髮，小姐就催著。

頭髮燙了，一蓬鬆，的確顯精神。然而，我這懶蟲加笨手，永遠沒法將頭髮弄得漂亮些。加上頭髮實在長得太快，一長長就修剪，三兩個月燙過的就剪掉了，又得重燙。而且怪的是，睡一覺起來，該翹的地方不翹，不該翹的地方又翹，弄也弄不好，常常氣得真想把它都剪了。頭髮真讓人煩惱呵！

中間幾次不服氣，下決心將頭髮再留留看。幾次才留到中長度，人就沒精神。試過幾次，不得不承認人老了，就老了！長髮遂成心底一場惆悵的夢。

後來乾脆光燙瀏海，剪個俏麗的齊耳短髮，每兩個月修一次，補燙一次瀏海。人人看了都說：好耶！

不過一年工夫，頭髮似乎又少了一半，白髮也增加不少。對著鏡子，老覺得面目可憎。

「妳看妳白髮這麼多，是不是要染啦？」小姐問我。

不，不，不。

一旦染髮，是不是就等於宣稱我真正的老了呢？我不肯面對。

「不染就燙啦！頭髮一捲曲，白頭髮就不明顯啦！」

終又給說動，燙就燙吧！

「每天早上一定要噴水，再用叉子叉——絕對不能用梳子梳，懂嗎？」小姐早摸清我這懶蟲個性，再三交待。

想起從前長髮，只要出門前隨便用梳子梳兩下就夠漂亮了，現在怎麼弄，好似都不能減少一分醜陋。真是時不我予，春夢已遠啊！

頂著一頭吹得硬梆梆像頂帽子新燙的頭髮，心中不免疑惑——這樣真的有比較好看一點嗎？

三千煩惱絲，真是根根煩惱！難怪出家人乾脆剃了，省得煩惱！

菜根香二束

之一

一到玉米盛產季節，我就忍不住大把大把的買回來。

小時候，家家窮，沒什麼錢買零嘴。但是，每當賣煮玉米的推車過去時，許多父母就忍不住會買一、兩根玉米給孩子吃。一根掰成兩、三段，四、五個孩子就夠吃了，也還能經一陣子飽哩！

那時大家都捨不得吃，一粒一粒的撥下來，慢慢吃，可以吃上好一段時間。妹妹喜歡硬些的，好撥好放；我喜歡軟些的，易吃又甜。

那時還有一種烤的玉米，價錢貴多了。每次經過賣烤玉米的，見小販將事先烤過微焦的玉米，放到炭火上，一層又一層的塗上醬料，當表面已成金黃微焦的顏色時，那香味，不知讓多少沒錢買的孩子吞了多少口水。好不容易存了些錢，有點心痛的買根中的吃——哇，那美味是不用說了！

美國玉米又甜又便宜，一到盛產季，買回來，先用鹽水悶煮幾根，大口大口的吃。因為比較軟，又量多，再也不用一粒一粒撥著吃。遇到朋友來烤肉，依著記憶塗上甜甜、鹹鹹、辣辣的醬，焦香一出來，童年的記憶就回來了。那時多苦難的日子，生活中也佈滿甜甜、鹹鹹、辣辣的點滴。

兒子最愛的卻是玉米切半，塗上奶油，包上錫箔紙，炭火悶熟，咬下去一汪甜甜的汁。有時把玉米粒削下，炒雞丁，不但兒子嗜吃，連上了年紀的父親都喜歡。

玉米，是我們夏天的最愛。

之二

兒子五歲的時候，看到書上說將蕃薯中間插幾根牙籤，讓蕃薯的下半身浸到放滿水的杯子裡，然後將杯子放到任何有陽光的地方，蕃薯就會生根發芽，長成一棵很好看的盆栽。

我們依樣做，過了幾天，蕃薯果真生根發芽。那嫩得幾乎透明的葉子，在陽光下閃閃發光，漂亮極了。那時候聽說蕃薯葉是可以吃的，看著嫩綠帶著金光的葉子，怎捨得摘下來炒菜吃?其實我小的時候種過蕃薯，每天悉心照料，葉子長得極茂盛。後來忍不住挖開來看，發現一個蕃薯也沒長，失望極了!那時年紀小，不知道蕃薯葉是可以餵豬的，所以叫豬菜。而一些窮困的人家，甚至當菜來吃。

前些天，到一位朋友家，她的婆婆幫她種了一大片的蕃薯葉。

「這種葉子是可以吃的，」她說：「聽說蕃薯葉子對身體很好，現在臺北正流行。因為種的人很少，所以很貴。到高級餐廳吃，一盤還不便宜呢!」

據說插枝就可以活，很好養。

她摘了一些給我，要我將葉子摘下，用開水燙一下，加點醬油和麻油就可以了。剩下的枝，找個空地種下去，過幾天就會發芽長葉。

家裡花草、樹極多，各式各樣的蟲不知多少?難保這些芽將來還保得住?但是，我還是很感激的接了一大包過來。

水滾過，撈上來，滴些醬油和麻油，香味撲鼻。我幾乎是懷著虔誠的心將它放入口裡的——哇，鮮嫩無比!

人，回歸自然，是有福的。

花香三帖

茶花

我想，茶花大概是最懂得維護完美形象的一種花了。所見過的花，不論是大的小的，或曇花一現，或璀璨一季，總要將美麗的容顏支撐到最後一秒，然後極惋惜的在樹上枯萎、凋謝。只有茶花，開到最美的時候，一聲不吭的就悲壯的整朵完美的掉了下來。崁在泥上，驕傲的敞著它獨特的絕色，數日之後才真正的枯黃——連枯萎了，仍是保持著它在樹上一樣的完整，一瓣不曾抖落。

美國人愛茶花的真不少，粉紅色、白色、紅色……每一種都絕佳，不由想起小仲馬筆下的茶花女，活著時是那麼的熱烈的生命，死後卻是冷落的瑪格麗特。

院子裡有四棵茶花，是原屋主十多年前種的。顏色最美、長得最好的那一棵，是我所見到唯一不是在花最盛時整朵掉下來的。它總是一瓣一瓣的，飄落下來，或者花都枯黃了，還挺在樹上，一瓣不曾飄落。撒落在地上的花瓣，一層一層的鮮美顏色，飄著香，不見枯黃。而掛在樹上枯萎的，始終不肯掉落，夾在豔麗的花中，只覺得美人遲暮仍對鏡淒涼。

愛茶花的人，是愛它的花色，還是愛它不同一般的對夢想的執著？

扶桑花

住過南臺灣的人，沒有人沒見過扶桑花的。

扶桑是灌木，或許是因為多，在籬笆上，在圍牆邊，總見扶桑花「攀爬」過來，冒出牆頭，紅得似火，和南臺灣的火紅太陽相輝映。

因為多，因為火紅，又插枝就能活，扶桑花似乎就像鄉村少女，顯不出特色，也難讓人珍貴了！幼時，孩童是把它當玩具的，摘下花朵，先吸乾了花萼與花中間的花蜜汁，又將花心摘下，黏在鼻子上，說是「俄國大鼻子」。

到美國，第一次看到扶桑花，不知是美國的扶桑花真的比較秀麗，還是因為太久沒有見到扶桑花了，抑或是這兒的扶桑花實在是太少了，覺得它不再俗豔。

搬進這間屋子，主臥室的牆邊種有兩棵扶桑，春雨時死了一棵，而另一棵，看著它在早春的時候發芽，盛夏開花。枝葉婆娑，當第一朵花苞綻放時，才發現這棵扶桑開的是純白大如蜀葵的花，數百朵齊放，與綠葉相間，潔淨如仙。

清晨醒來，拉開窗簾，玻璃窗上扶桑花影搖曳，如詩如畫。原來，扶桑花也可以這麼美的！

向日葵

側院有一棵大樹，不知什麼原因被前屋主鋸了下來，只留下短短約一尺半直徑的樹根。每次走過去，都覺得凹凸不平，很不方便。

找了人把樹根整個打碎，混上原來的泥土，平平整整的，看起來好舒服。

一天，那塊土上突然發了幾根芽。看它們的外形，像草本植物，卻又認不出是什麼。整個後院尋一遍，發現除了這塊鬆土外，另外幾個地方也長了不少相同的幼苗——看來是不知誰家的花或青菜的種子飛過圍牆，掉落泥土裡生了根發了芽的！

我好奇極了，每天總要去看看。掉在曇花花盆的那一棵，不知是土不對還是陽光不夠，長得最不好。其他掉在菜圃旁的、樹邊的，就像其他的植物一樣，慢慢的長。而掉在鬆土的這一棵不知名的植物，像傑克的魔豆一樣，以魔術般的速度成長。每天去看，都覺得它不但長高了一吋，莖也加粗不少，葉子更是擴張得極快！

長到四呎多高，結花苞了。雖然從來沒有真正的仔細看過向日葵，總覺得這棵植物該就是向日葵。然而，記憶中的向日葵花瓣幾乎有盤子那麼大，而這棵植物的花苞只有碗大。

今晨去看，這棵植物不但一下子超過了五呎，花苞也開了！那密密麻麻的小花瓣，對著陽光豔麗的笑著——啊，真是向日葵！原來它的花也就像它的葉，以驚人的速度成長呢！

是輕風？還是小鳥？啊，大自然真美妙！

艾美與我

剛搬到這裡，為了敦親睦鄰，我們特別去買了幾盒加州最出名的See's Candy分送給左鄰右舍。很可惜，他們似乎並不在乎這份心意，接過糖，說兩句就算打過招呼了，看不出什麼特別情份。倒是走到艾美家時，一眼看到她，只覺得眼前一亮。她不只穿著打扮整整齊齊的，講起話來也極其禮貌。她接過禮物，又是謝謝，又是熱烈招呼，看來，彼此印象都很好，這才微微安心。

沒幾天，艾美就拿著小禮物來看我們了，彼此相見甚歡。

我們之間的緣份開始了，友誼也開始了。

生下靈兒，艾美立刻帶了禮物來，坐了半天才走。隔天又領了她的兒子喬伊和他的女朋友米雪兒來，央求我們將身邊所有的照片拿出來請他們看。他們似乎對跟我們有關的種種事物都充滿了好奇，坐了好一陣才走。

靈兒滿月可以出門了，艾美立刻邀請我們到她家。她把相本早已準備好，就等著我們到了，講解給我們聽。男主人喬，在十一月已開始寒涼的天氣，仍舊穿著短袖，紅通通的一張臉，木訥老實的直衝著我們笑。喬伊、米雪兒禮貌周到的和我們聊天，唯獨她的女兒麗蓮不高興的坐在搖椅上，不時的晃著椅子，搖著身子，一下撇撇嘴，翻翻白眼，非常的不耐煩。小小的一張臉，塗了厚厚的一層粉，既沒上腮紅眼影，也沒擦口紅，裂嘴說話時，牙齒露出銀光來——原來正當矯正牙齒，難免彆扭。

就這樣禮尚往來，才知道喬在當包工，自己也替人改建屋子。他的身體強壯，再冷的天氣，永遠一件短袖上衣。艾美個子中等，身子瘦弱不堪，前些年出門還得備著氧氣筒。他們在這批房子蓋好時，就住在這兒了，所以家家都熟。儘管左鄰右舍搬進搬出，他們依然守著這棟屋子，很有中國人安土重遷的味道。

他們在這兒久了，人頭熟，儼然大家長，還帶著些許里長的味道。

這兒一般原始住家學歷都不太高，當艾美知道偉剛擁有香檳校區的電機博士頭銜，而我擁有中文碩士學位時，真正嚇了一跳，直問我「中國人是不是都那麼聰明、優秀？」然後，她幾乎對她所認識的朋友說，她的好朋友——也是她的好鄰居，是最聰明、最棒的中國人。

於是，我們的關係非比尋常了。喬伊結婚的時候，我們收到的是一大張購物單，自然是破筆小財，獻上誠摯祝福。然後是麗蓮畢業，我們又得準備禮物……。

艾美更是體己貼心了，這個大家長覺得只要我們在的一天，她對我們就有責任。當我們院子景觀稍有不妥時，她就自動找人來幫忙，當然，錢得我們自己付。瞧瞧，左鄰右舍，有的連草都禿了，她也沒管呢！她管我們，是我們的福氣呢！

處久了，艾美知道我會些針線，毛衣織得好，從此，我多了一項工作——幫她改衣服，補毛衣破洞。

有一天，她發現我們家總在晚餐時，發出誘人的香味，就來研究中國菜了。

她說，喬是鄉下人，除了馬鈴薯、紅蘿蔔、青椒等食物，其他是絕對不吃的。但是，她卻勇於嘗試不同口味的東西——比如說，中國菜。

於是，每有好東西，總不忘電話叫她來試吃。結果，她愛死了賈氏特有獨家炒飯和鍋貼、餛飩、牛肉炒青花菜，還有各色滷味，以及賈氏獨家風味韓國肉排烤肉。隔陣子就問我：「妳最近作了鍋貼嗎？如果有多，可不可以給我們一些——妳不知道，喬伊忙，常不能回來，只有跟他說，今天晚餐有秋生的鍋貼，他才回來。——我們每次吃妳的鍋貼，幾乎都要打架！」

有時累了，作不動，叫她買冷凍的，我教她煎。她不肯，說：「我只相信妳。妳的東西不但真材實料，又沒味精。別人，我無法相信。而且，外頭的好貴喲。」

曾請他們一家來吃烤肉，上兩次中國餐館。看他們吃啊吃的，不認為那小小的胃還可以再塞，他們仍繼續舉著他們的刀叉。的確，像她們這家大口吃中國飯的方式，再有錢都會被吃垮的，只有勉為其難啦，隔陣子作些就端過去。

三年前，想改建浴室，喬知道了，急忙過來和我們討論，深怕我們吃虧。最後由他找人來做。不但品質有保證，連中間包工的錢都省了。那期間，艾美不忘要求我替他們的旅行長拖車，重新作一套新的窗帘，好待價而沽。

就這樣，你幫我，我幫你，多年就過去了。原來彆扭，從不跟我們打招呼的麗蓮，慢慢也會對我們笑，偶爾說上一句了。而艾美更是每隔一陣就會來家中小坐，細細碎碎的訴說著家中所發生的一切：從未離過家的喬伊到聖地牙哥上大學，哭了一個禮拜後，高高興興辦了休學，回到艾美懷抱。第二年直接上離家不遠的聖荷西大學。新婚才一年多的米雪兒突然丟下深愛的喬伊，不告而別。喬伊大學畢業後，遠赴東岸學醫……。

最近艾美告訴我，她的卵巢長了腫瘤，必須住院開刀。艾美早在十多年前，就得過癌症，後來好了。但是，她現在已漸漸進入更年期，身子大不如前，她非常擔心病後身子無法如期復元。她聽說中國人熬的湯多營養，有助病情，她希望在她出院後，我能每天熬湯給她喝。

我一口答應。心想，如果不是因為她篤信天主教，不信輪迴之說，否則，說她上輩子是中國人，她一定不會反對的。

兩年半前，我們打算換房子，艾美難過了很久。她說，她要惡毒的告訴每一個來看房子的人，說我們的房子不好。我們的房子賣不掉，才能永遠當她們的鄰居。

如她願了，我們房子沒賣成，艾美樂昏了。

其實，這樣的情份，我們也如何捨得？

九年了，世事變化，我們互相幫助，相依互靠，互訴苦痛，互相憐惜，不是很深的緣份，不會這般投緣的。

安心住下來，兩家彷彿一下都放心了。

恭喜啊！買了新房子

朋友打電話來，劈頭就說：「恭喜妳啊！買了新房子！」

我聽了一愣——的確，我是買了「新」房子。可是……

一心想搬到靈兒學校附近來，待舊房子賣了，在這附近看房子時，才知道這裡的房子貴得嚇人！幾乎沒有五十五萬以下的房子，也沒有所謂三十年以內的「新」房子。

我們能買的，又勉強看得上眼的，就這棟了。這兒的房子地都大，房子也不算小，但是，可都是三十九年的老房子。三十九年，心裡早有數了，有可能許許多多都還是最原始的材料。

雖然對老房子可能出現的各種老舊狀況心裡早作了準備了，可是初看到這棟房子時，仍掩不住的失望，房子真是舊啊！屋頂是最顯舊的木頭材料，已用了十五年。油漆是草綠色的，不知多少年前刷的，在這煙雨濛濛的灰色冬天裡，更顯得舊與暗。四十年歷史的褪色紅磚前，是一大片高過窗戶的樹叢，讓人才走到院子，就想調頭而去。

沒關係，油漆重新漆過就好了！我一面安慰自己，一面進屋看。

屋裡起居間油漆也舊了，家庭間全用木頭薄板子釘得密密的，連窗簾都是木頭百葉，整間房間顯得又暗又舊。其他房間及浴室、廚房等，全用壁紙貼著。算了算，總共十種不同花色的壁紙。妙的是，每一間的窗簾又都配著壁紙，甚至床、沙發也相同花色，樣式花到讓人看到眼花撩亂，眼球不會轉動為止。屋子裡還舖著三種不同顏色的舊地毯，加上起居室的活動地毯，讓人看了當場傷起腦筋來。

想一想，其實壁紙拆掉換成油漆，色調儘量單純化就好了。地毯、窗簾、咖啡色的浴室，以後有錢再慢慢換。好好整理，應該不壞。

房子買下，立刻找人漆房子，順便換車庫門，並將老舊的抽油煙機、爐臺換掉。

一切都在進行中，新房子看起來是那麼美好。

然而，一場噩夢卻真正開始了！

前、後院水龍頭一直滴水，新換的爐臺不通電，油漆工將絞碎機的主要部份搞壞了，又將兩片窗簾帶子搞丟了，其他拉拉雜雜捅出一大堆漏子。車庫門換好了，才拉上來就被卡住。兩間浴室的水龍頭不斷的漏水，自動噴水系統壞掉，後院水管斷裂，屋簷破一個大洞直漏水。這樣冷的天氣，屋裡複雜的暖氣系統怎麼都調不來，吹出來的都是冷風，冷到直流鼻水……

曾經自己裝過自動噴水系統的偉剛，不管怎麼修，換上不同的零件，就是沒法將噴水系統修好。後院挖了個大洞，也仍找不出水管。天天下雨，自動噴水系統仍然噴呀噴的，前院噴完噴後院，後院噴完噴側院。待一個半小時以後，到處積水，磚道長滿了青苔。

爐臺重裝、車庫門重換車軌。前後院的水龍頭修好，屋簷也換了一段，卻發現浴室水龍頭愈漏愈厲害，幾乎是兩個小時就一桶。屋裡三個馬桶都是舊型，水位極高，積的水倒進去沒什麼用，外頭又下雨，不缺水。水沒處用，看著水流掉，就等於看著錢流掉一樣。過節期間，工人不好請，何況，這水龍頭得全換新，磁磚勢必敲掉，是個大工程。

沒兩天，新換的車庫門不動了，工人說，門太大，馬達力量不夠，要換新的。水工來檢查，說水管沒有檢壓錶，水壓是一般住家的兩倍，在沒裝新的檢壓錶之前，他們什麼都不做。

車庫尚未修好，車庫外的電開關又壞掉。重新買了一個馬達，車門可以動了，卻又被軌道卡住，不能關……

油漆工不肯賠窗簾帶子，要我們找到新帶子，給他收據他才賠，五十元為限。我跑了九家，才找到肯只做帶子的窗簾專賣店，六個帶子七十七元。

屋主留下的舊洗衣機烘乾機都送給朋友了，才發現屋子是瓦斯開關，我們自己搬過來的電插頭式烘乾機不能用，要另外接電，費用是兩百八到三百五之間。我們只好重買一臺烘乾機，將烘乾機再送人。

大門玻璃裂了，重新換，窗戶舊到開都開不動，一樁事接著一樁事，好好的一個年假，天天在和這個「新」房子奮鬥。

朋友說，新年新氣象；新房子新景象。

搖搖頭，笑一笑，能說什麼？

向工人致上我的敬意

這個屋子原是個八十多歲的老太太住的，一個人獨居多年，院子自然是為了方便整理而設計。然而，每天看著前院那一叢叢越長越茂密，帶刺的大把大把不知名的花，以及許多叫都叫不出來的植物，我就傷腦筋。

趁著雨季土地鬆軟，將院子裡雜七雜八的植物全部挖掉，種上玫瑰、天竺葵、櫻草花、劍蘭，還有開成地毯般的白色紫色小花，整個前院煥然一新。然而靠近馬路的一大片密密的樹叢，仍然擋住了大片前院。這樹叢少說也有三十年了，幾乎蓋過窗戶。嘗試著去清理，看著它糾結的枝幹，有碗粗的樹根，只好打消念頭，請工人來幫忙。

這個叫安泰若的工人，看起來勤奮而老實，為附近鄰里已做了十多年的庭園工作。他自己開了一個庭園公司，下面雇了兩個看起來和他一樣老實的工人。

三人勤奮的將樹鋸下，不過兩個上午，將前院收拾得乾乾淨淨，只剩下樹根尚未處理。正好奇他們怎麼挖樹根，卻見安泰若上車，將車子開到樹根邊，另一個人則將粗繩一邊綁到樹根，一邊綁到車上——他們用最原始的方法，利用車子的力量來拔樹根。

繩子斷了好幾次，才將樹根拉起。然而，就在樹根被拉起的同時，水管也被拉斷了！

安泰若說：「算我們兩人倒楣好了——我們兩人一起去買材料來修，你出錢，我出工。」

我們答應了他，陪他去買材料。

這家店我們經常光顧。店員知道我們都是動手自己做工，態度非常客氣，有時還跟我們開開玩笑。然而當我看到店員對工頭的態度既粗魯又毫無尊重之意時，我們都愣住了！原來，所謂的「歧視」是那麼真實的存在著！他們對那些外來的、英語說不好的工人，心存輕蔑和敵意。

的確，這兒有許多非法或者合法移民，不會說英文，遊手好閒，靠領救濟金過日子。但是，這兒也有許多憑著勞力賺錢，兢兢業業工作的勤奮工人。他們做別人不願意做的工作，做別人不能做的工作。他們難道不比別人更應受到尊重嗎？

這社會上的尊卑是怎麼來的呢？

看著工人將水管補好，起身離去，一腳高一腳低，才發現他的腿有殘缺！

我的眼睛濕了。

我由衷的向他致上我最崇高的敬意！

三 童趣篇

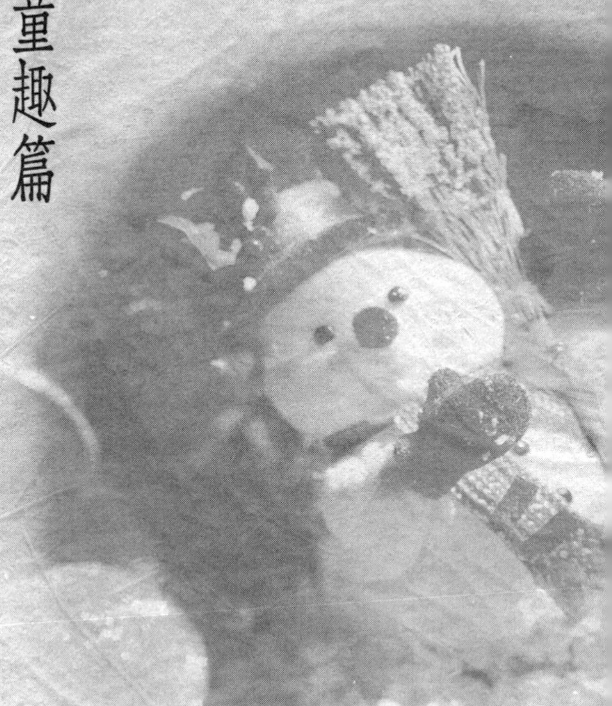

爸爸的小跟班

兒子只有在一歲以前，吃母奶的時候要媽媽。才斷奶，覺得媽媽再沒有利用價值了，就成了爸爸的小跟班。爸爸每天早上上班的時刻，是最傷感情的時候了，非得一把鼻涕一把眼淚，直哭到肝腸快斷了，才讓爸爸去上班。

爸爸脾氣好，幾乎有求必應，不像媽媽，是立規者，也是執法者，不講人情。加上現在流行電腦，媽媽一竅不通，只有電腦專家——爸爸可以滿足他所需，爸爸是他的偶像，他的最愛。

於是，好吃的東西總要留給爸爸，不管那是不是媽媽辛苦做的；在學校做美勞，總要求老師教他做可以送給爸爸當禮物的。家中牆壁掛的是他送給爸爸的全部的愛心、領帶和一顆圓滿的心。

今天放學，他又包了一個禮物說要送給爸爸。

爸爸拆開來，感動得幾乎不能言語。

那是一個他自己做的陶磁片，上面貼著一張紙，紙上一首他寫給爸爸的詩：

爸爸，
我愛你，因為
你工作很辛苦。
你讓我幫你種水果樹，
所以我們能有新鮮的水果可吃。
你帶我去很棒的地方，
像到洼省維爾摘草莓。
當你出差的時候，
總會打電話給我。

愛你的兒子　岱靈

這樣的兒子，誰不愛？

兒子的願望

兒子還在襁褓時，做為「母親」的我，就犯了天下母親的通病，覺得全天下就自己的兒子最聰明、最出色。

常常看著他，覺得他這麼好，想來必是「了了」，想著想著心就飄飄然。於是我試著問他：「靈兒，將來你長大了，要做什麼啊？」

兒子疑惑的看著我，不知「要做什麼」是什麼意思。看他懵懂無知的單純模樣，也就不再問他了。

朋友的孩子慢慢大了，有的說將來要當醫生，有的說將來要當律師，而功課「了了」，左鄰艾美講起他，只有一個驚嘆號的靈兒，卻從來沒說他將來要當什麼。

一天，艾美忍不住問他：「你將來長大了要做什麼？」

那時他正迷鎖，整天研究怎麼樣可以不用鑰匙就把鎖打開（那是因為他老媽有一回把自己鎖在外頭了！），艾美問他，他不假思索的回答：「我將來要當個鎖匠！」

艾美聽了，笑岔了氣！她認定靈兒將來必是個科學家！

前些天帶他去看牙，正好碰到一位知名科學家，靈兒告訴他，他最愛的是太空，圖書館內COSMOS一系列的太空錄影帶他全看過了。這位科學家和他談了一會兒，發現他所懂的，遠超乎他的想像，訝異之餘，當場送他一本他出的書。

那天回來，他鄭重的告訴我：「媽媽，將來我想當太空科學家。」就在那天，報上說NASA要裁掉二萬五千人！當科學家，多麼辛苦又寂寞啊！

我拍拍他細瘦的膀子，有點兒高興，也有點兒擔心的說：「當科學家很好啊！」

爸爸，我送你一個禮物！

這幾天，靈兒總是一大早就到後院去，不到中午喚他吃飯，是不會進來的。這小孩精力旺盛，整天有想不完的點子，放暑假在家，搞東問西，縱有十個腦子、十雙手也沒法應付他。他可以將前後院的水管都各自切個細縫，然後開上大水，將水管依著細縫位子摺起來，水壓強，水自然從細縫噴出來，他小子玩得高興，直問我像不像黃石公園的老忠實噴泉，不知那兩只裂了縫的水管老媽澆起水來，次次澆得一身濕。想換新的捨不得，不換嘛，老是搞得一身濕。回過頭來看浴室，到處是水不說，天花板還貼著不少一糰一糰沾了水的衛生紙——原來這小子竟然發現衛生紙浸了水，往天花板用力一甩，一個個就貼在上頭不下來了……

從窗戶看他，一直待在李子樹底下，偶爾一個人唸唸有辭，自言自語，沒什麼大事，也就不理他了——還不趁這個時候多休息，好好享受獨處的快樂時光？免得什麼時候又闖了禍，那可是有淚都掉不出來。

今天，他還是一大早就到後院了。不意瞥見他搬到李子樹下的那張桌子上，擺著他的錄音機——他是到後院聽音樂嗎？這麼羅曼蒂克？

下午，問他要不要出去，他一反常態，搖著腦袋，說：「妳沒看到我在錄音，很忙嗎？」錄音？他明明在看烹飪節目啊——這是星期六他最愛看的電視節目了。難不成他在錄這個節目？

我看看錄影機，根本沒開，好奇的問他：「你錄影機開都沒開，怎麼錄？」

「哈！我在錄音，不是錄影！我把烹飪節目錄到錄音帶裏，要送給爸爸的。就快錄好啦！我想晚上就可以錄好了。」

這可是一個別致的禮物哩！不知這六十分鐘的帶子裏都是些什麼？

吃過飯，外子偉剛才拿起報紙，靈兒就靠過來，拿著錄音機對老爹說：「爸爸，我送給你一個禮物！」

「這是什麼啊？」偉剛好奇的問。

「這是我特別錄給你的。整卷錄音帶分四個部分——第一部分是我錄的各種不同的鳥叫聲，第二部分則是烹飪製作節目，第三部分是有關科學實驗的資料，第四種是我自己發明的烹飪食譜。」

偉剛接過來錄音機，說不出來的感動。他平常上班極忙，每天都要忙到八、九點以後才回來，洗過澡，吃了飯，和孩子說不了多少話，孩子就該睡了。雖然我和靈兒都會把一天發生的大小事一一報告給他聽，但是畢竟少了那份親蜜的參與感。孩子似乎也感覺出來那份遺憾，就將他喜歡的錄下來，送給親、親、親愛的爸爸，哦，多貼心啊！

偉剛按開錄音機，一陣鳥聲傳來。

「你聽到了嗎？這就是鳥叫聲。」靈兒清脆稚嫩的聲音從錄音機裏傳出來，分外惹人憐愛。

「咻，咻——這是鳥飛過去的聲音，」靈兒很有耐心的解釋說：「吱——嘰——嘰——嘰，這是蜂鳥的叫聲，牠的翅膀拍得很快，一秒鐘可以拍九十五到一百下……」

我們仔細聽，越聽越有趣，越聽越好奇，越聽越驚訝。靈兒除了介紹不同的鳥叫聲，還介紹了一些鳥的習性、特質，比如說，有關鳥兒南飛的祕密，雨燕飛行的速度，老鷹潛水的速度等等。也許是後院到處是鳥聲，錄出來的效果特別好，倒是他沒有對著錄音機說明，聲音時大時小，間歇還有雜音，但是，這分慧心卻讓我們感動欣慰。

第一部分結束時，靈兒用極其輕快的聲音說：「結——束。」然後哼了一段音樂，算是片尾，可愛極了。聽他聲音清亮喜悅，幾乎可以想像當時的表情十足。

接下來的是第二部分，他特別從公共電視臺製作的烹飪節目中錄下來的。很可惜，他錄的時候，小小的錄音機離電視太遠了，雜音又大，幾乎聽不出所以然來。但是我們還是努力的豎起耳朵聽，他看我們那麼辛苦，不好意思的說：「聲音太小啦?沒關係，我講給你們聽。第一個講的是有關蟹的食譜，你先準備一棵生菜、三杯煮好而且清理過的蟹肉、一個切成片的駱梨、一小罐醃漬過的薊心、三個切片的蕃茄、一個切片檸檬、六個煮熟切半的雞蛋。你先把生菜剝成小片，放在六個不同的盤子上，然後把蟹肉放在中央，再依次放……」

他不慌不忙，娓娓道來，還真煞有介事。我不禁想起兩年前，爸媽還住在這裏的時候，爸爸常常做蔥油餅，他看多了，有一天竟然對著我說：「哎，我知道蔥油餅怎麼做哩！妳先把三杯麵粉和上一杯水，揉一揉，然後舖上一塊濕布，醒一醒。半個小時以後，再揉一揉，切成三塊。每塊擀一擀，抹上油、鹽，加上蔥，捲起來，再重新擀，這樣反複幾次，就大功告成了。」

嘿，這小子不簡單，對烹飪這麼有興趣，想將來我老了，不怕沒人做飯給我吃了。聽這一部分，可真對了我的胃口。

第三部分是在學校做的科學實驗。靈兒對科學特別有興趣，老師特別訂了一份科學實驗專給他做。第一次做的實驗是有關太空的，實驗內還附有專為太空人設計的「太空食物」，他知道老媽這輩子還沒瞧過，特別留下包裝，還留了一點脫水冰淇淋給我嚐嚐。真稀奇耶！「脫水冰淇淋」，入口即化。

帶子裏都是學校實驗過的，有關水晶、冰糖（真不錯，一邊實驗，還一邊有得吃）實驗的過程。

第四部分則是他自創的食譜。大概是講到吃的，興高采烈，聲音大得很。他告訴我們如何到超級市場選購肉類，如何切法，如何調味，如何煮法。又告訴我們如何製作糖漿（他還真做了一罐糖漿，可惜品管不行，一個星期後發霉了），如何做水果乾。結束後，又是一段自哼音樂，直到最後。

聽完了，淚也幾乎要流下來。

這是父親節最好的禮物了——孩子的一顆心！

小氣財神

看過靈兒的人，都不免讚歎他單純快樂，但也都同時免不了問我：「他這麼老實單純，給人騙了怎麼辦？」

的確，這小子聰明是聰明，聰明都用到功課上去了，人際關係始終不上道。走到哪兒，總是研究這個，研究那個，總跟別的孩子玩不到一塊兒。別的孩子會交朋友了，開始有心眼了，知道那麼一點人事，懂得害羞了，他依然傻裡傻氣，什麼也不懂。被打了，不會告狀；被人背後偷偷掛了個黑鍋，也渾然不覺，更不知要申訴；碰到好心的小姐姐給他一顆糖，高興得靠在人家身上，甜甜的說謝謝，不知人家姐姐早羞紅了臉，偷偷把他推開呢。

誰跟他說話，他都當真。老師跟他說，她一天喝一加侖的牛奶，他也信。他分東西給別人，別人不喜歡吃，客氣說好吃，他也分不清真假，拼命塞給人，弄得別人吃也不是，不吃也不是。有回連他爺爺假裝吃了不潔的東西，然後假裝中毒，他都當真。

他就是這樣，還像張白紙，滿心真真。

因為純真，心不大，也不貪。東西盡揀好的給人家，毫無價值貴賤觀念。帶他出門，從不要求買東西。有一回和朋友出去吃飯，飯後，這位朋友給她的兩個小孩一人兩毛五買糖吃，順便也給他兩毛五。他看了一下，說：「我不要！」

這位朋友嚇一跳，不相信有小孩可以不拿錢。靈兒的確從不拿人家錢，從小，外公外婆、阿姨舅舅給他壓歲錢，他從不肯伸手拿；塞給他了，他還執意要還給人家。給他零用錢，給給忘忘，他也從沒追討過，更沒守著錢數過。我懷疑，若有人偷了他的錢，他還渾然不知呢！偶爾家裏地上不知誰掉的錢，也沒見他揀過。有一回陪朋友小孩去游泳，他覺得無聊，跑到飲料機器前隨手亂按一通，不料突然掉下一罐可樂來，他不肯拿，說，那不是他的。朋友不由讚歎：好孩子！

這期間，常常鼓勵他「用錢」，希望他在買東西之間培養價值觀；也希望他能在慾望與節制中間做一個良好的自我調整。然而，他似乎一直處在「無欲」階段，最多看看就走了。

七歲了，大概是該開竅了，最近他開始注意到，不少朋友的小孩，跟媽媽上菜市，多少要「榨」個兩毛五玩電動玩具，或者到糖果機器前買些糖果吃吃。這樣經過觀察又觀察，有一天，他終於開口對我說：「媽媽，我想買糖，可是，我忘了帶錢。我可不可以先向妳借兩毛五，回到家，我立刻還給妳。」

我當然爽然答應。他接過去兩毛五，放到機器裏，小心翼翼的轉到底——ㄎㄧ　ㄌㄧ　ㄎㄜ　ㄌㄜ——掉出幾粒糖來。

「媽媽！媽媽！這是我第一次用我自己的錢買糖耶！」他興奮的對我說。

我很驕傲，他在這方面終於跨出去了第一步。

那些天，他一直不停的談論著他買糖的經驗，他似乎模模糊糊開始懂得錢的妙處。我想，就利用這個機會讓他獨立、學習吧！

第二天，我帶他到超市，到了門口，我跟他說：「不知今天你願不願意自己一個人進去幫我買？我這兒有一塊錢，你去買，買完找的錢，都算你的。」

他猶豫了一會兒，看看我。

「媽媽不走，在這兒等你。你進去先輕鬆的逛一逛，等你想買了，你就到蔬菜攤子那兒幫我挑兩個蕃茄。裝到袋子裏，然後排隊付帳。記住，要拿收據，還要記得找回的錢。媽媽相信你可以做得很好。」

「OK！我去。」靈兒鼓起很大的勇氣說。然後拿了錢，小勇士似的進入超市。

不一會兒，他出來了，把蕃茄和錢都交給我。

「我只要這兩個兩毛五。」他說。

我給了他，他高興得直說：「今天，我幫媽媽買菜哩！」

過了一個禮拜，他說：「今天，我又想買糖。」

「可以呀！你自己的錢，你有權利運用。媽媽頂多給你一點參考。」

「我的老師克莉絲汀最愛吃糖了！她每次買糖，都會偷偷分我一點，我也想買糖送給她。我糖吃多了會太興奮，我只吃一份，我會把剩下的七份送給她。還有，她很愛填字遊戲，我們又從來沒買過舊金山地區的報紙，我想買一份送給她。」

看他手上緊緊的握著十個兩毛五，汗都快滴濕了，我能說什麼？也許，兩塊半對這般年紀的小孩來說，是個不小的數目字，況且，家中也訂有報紙。但，又何妨？他像才進大觀園的劉姥姥，心都開了。幾次下來，我猜，他自己會調整好的。何況，他不只買的是東西，他給老師的是那份心，那份愛！

有一天，他突然問我：「如果我去買一個糖機器，放在門口賣，會不會有人買糖？」

嘿，終於進入狀況了。這些天我一直想，外頭的糖放在外面經年累月，也不曉得乾不乾淨？看那顏色，也不知放了多少色素？孩子喜歡，不如買個回來，放我們愛吃又確定品質無誤的糖。看他是願意糖錢由他出，我們吃時放錢呢？還是我們出錢，他想吃時自己放錢？

我們後來真買了個糖機器回來。靈兒決定將他的健素糖全都貢獻出來，將機器調成不必放錢，只要轉動把子，糖就會掉出來。他還在糖機器上貼了一個條子：歡迎任何人取用！

那天中午出門，回來後，他捧著糖機器興奮叫道：「哎！有人來看過房子耶！而且，他們吃糖了耶！真的，糖少了！」

整個下午，他自己不停的塞錢進去，讓糖掉出來，滿了，又將糖倒回去。突然，他大叫：「哎呀！中午來看房子的那兩個人有塞錢耶！你們看！有兩個兩毛五！我今天塞進去的全是外國錢，沒有美國錢。可是，這裏有兩個美國兩毛五，一定是他們塞的。哇哈哈！我賺錢了！我今天賺錢了！」

看他興奮的樣子，忍不住笑他財迷心竅。

「如果我把機器放到門口賣糖——一個機器三十塊，一包泡泡糖十塊錢，總共四十塊錢。外面的糖一顆賣兩毛五，我只賣一毛錢，哎呀，我賣完三包就收回成本了，以後就是賺的囉！」這小子高興的算著，我不禁想起那個希望靠蛋生雞，雞再生蛋的小女孩的故事。

小氣財神！

這兩天，熱度慢慢過了，每天自己高興的吃著糖。見我不吃，還自己掏出錢來對我說：

「來，妳很乖，我送妳一毛錢，妳去買糖吃！」

想發財，沒那回事！他還是那個沒心眼，對人好起來可以挖心挖肝的傻小子。

我家「慢先生」

靈兒三歲多的時候，一位朋友從臺灣來，帶了一套書送給他。

三歲多的小孩，中文字認不了幾個，隨便翻翻，覺得沒啥意思，隨手一擺，就沒再碰過了。

我好奇拿出來看，一本本小小薄薄的書，盡是說些奇奇怪怪的先生或小姐。比如說，吝嗇先生、淘氣小姐。我看看，覺得頂有趣，找了本「麻煩小姐」唸給他聽。不料他壓根兒沒興趣，我只好把書收起來，幾年來再沒人想到去翻過。

一天，他放學回來，就衝進屋裡，一個人在裡頭磨搗半天不出來，問他，他興奮的捧著一堆書出來。

「今天雪柔講了一個故事給我聽，我覺得那本書好熟，回來一找，果真找到了——就是這本『慢吞吞先生』！」

他把其中一本抽出來給我看，真是「慢吞吞先生」。

「好稀奇喲！老師的書竟然是英文的！她說，明天要講『萬事通先生』給我聽。」

好啦，這小子又迷上了這套書，整天「先生」、「小姐」個沒完沒了。

而這些先生、小姐裡，他最偏愛的就是「慢先生」了。理由無他，志同道合而已。

他不但什麼都慢，簡直堪稱磨功第一。一餐飯，沒有一個小時下不了桌；彈十遍鋼琴的時間，別人早彈了一百遍。一篇中文，一個禮拜還沒寫完；數學本子什麼都沒作，上面倒畫滿了圖。寫功課想起什麼問題，只要開口問，鐵定是打破砂鍋問到底，鍋都沒底了還要問。於是，沒完沒了，最後，該做的還是沒做。問他為什麼老是這麼慢？他輕聲細氣的回答說：「我是『慢先生』呀！」問多了，他理直氣壯的說：「欲速則不達呀！」

他聽到「吵鬧先生」的故事後，對於他大聲講話興趣得不得了。從此，我們的、爸媽的、親戚朋友的耳根就不再清靜了。耳朵旁邊，永遠像打雷。他說他是「大聲公」。

「淘氣小姐」大概是他最津津樂道的一本了。原因是，她的皮勁兒是大多孩子想要做卻又不敢做的代言人。向來愛「實驗」的他，常常實驗正進行得高興，被不明就裡的人叱為「瞎搞」，甚至立刻得收攤，心中自有委屈，看到淘氣小姐能放手搗蛋，雖然情況不同，多少補足了一些缺憾。

在我看來，他當個「糊塗先生」倒名正言順。

儘管他看起來聰明伶俐，事實上卻是個小糊塗蟲。每天上學出門前，我一定得檢查一下他的穿著，否則，不是上衣，就是褲子穿反。不然，大熱天他極可能穿個厚夾克出門，出門也可能忘了穿鞋。教他辦事，走到半路就忘了；人一多，就張冠李戴。有時被他氣糊塗了，他倒樣樣明晰，指出我的錯誤來，還十分同情的對我說：「媽媽，妳今天好像『後知後覺』，變成『糊塗太太』了！」

最怕他當「緊張先生」。

多少繼承一點素以「西區考克」聞名的外婆緊張勁兒，靈兒再迷上「緊張先生」，日子就不好過了。溜滑梯，不敢！游泳，緊張！看電影，害怕！人生真無趣。

就這樣，他一會兒是「貪吃先生」，一會兒是「苗條先生」，再不就是「懶惰先生」、「好奇先生」，家裡總有一陣雞犬不寧。好不容易熱度過了，他又恢復了他的「單純、老實加快樂先生」，動作雖然仍是慢吞吞，他的天真、單純、永遠的微笑，卻帶給我們極大的安慰。

寶寶餐廳

靈兒最近迷上餐廳的遊戲，一到吃飯時間，拉著他那奇大無比的嗓門叫喚著：「爸爸，來吃飯喲！今天『寶寶餐廳』的菜有：紅燒牛尾、媽媽牌素雞、青菜，還有好喝的湯湯，快來吃喲！」

坐下來，正舉箸，這小子竟規定我每挾一次菜，必須問：「我可以吃這道菜嗎？」跟他說了半天道理，他固執得像頭牛，一餐飯吃下來，誰都消化不良。

搞了幾天，一到吃飯時間，就不愉快。我鄭重和他說：「誰當家，聽誰的！我煮飯，聽我的。你想要我聽你的，ＯＫ——你煮飯！」

他想了一想，爽快的說：「好！」

第二天，爸媽來作客。中午時間，正想起身做飯，靈兒說：「我來做，今天我開『寶寶餐廳』。」

心想，這倒是個好機會。於是我對他說：「你開餐廳，我不反對。但是，我有個條件——

既然是你開，從頭到尾都必須由你負責。只要你中間弄不了，找媽媽幫忙，就表示你放棄了，也就不可以繼續弄下去。而且，也永遠不再吃飯時玩寶寶餐廳遊戲！」

他聽了，乾脆的說：「OK！」隨後眉開眼笑的拿了張紙，一枝筆，央求我用中文幫他寫菜單：

雞派
牛肉麵
雞湯麵
水果
點心

他在雞派和牛肉麵的下面各畫一個筐筐，表示這兩道菜是可以選擇的。而雞湯麵、水果、點心卻是附贈的。

他一本正經的把菜單拿到爸媽面前，要他們點菜。

爸爸耳朵不大好，根本不知他要下廚，看看菜單，「雞派」頂新鮮的，立刻點了一客雞派。最疼這個外孫的媽媽，心事重重的也點了個雞派。我呢，很體貼的告訴他，我中午吃素，自己弄。他呢，自己點了一客雞派。

我靜靜的做著我的事，眼尾不但看到早已坐立難安的媽媽，隨時要救駕的模樣，也看到靈兒煞有介事的廚房、車庫兩邊跑。

不一會兒，三份冷凍的雞派，包裝紙已撕了口，摺得好好的放在盤子上。他拿出開罐器，正極其吃力的試圖去打開那罐又大又重的雞湯麵罐頭。看他站在椅子上，一手扶著罐頭，扶扶又來幫另一隻手轉，很吃力的樣子。幾次忍不住想站起來幫他，都覺應堅持到底而止於靜觀。媽媽早忍不住，頻頻問他：「婆婆幫忙打開，好不好？」

原本不知怎麼回事的爸爸，這會兒恍然大悟，也不時的伸長了脖子，深怕錯過必須幫忙時刻。

靈兒似乎早看穿我們的心思，頭也不抬的對我們說：「今天是寶寶開餐廳，你們都不要來幫忙！」

媽媽爸爸還有我，就不時的伸長了脖子，對著他望。要吃一頓「寶寶菜菜」還不簡單呢！好不容易罐頭打開了，他拿了只鍋，將雞湯麵倒進去，稍稍加了些水，便開了大火煮起來。隨後，拿了一份雞派，放到微波爐裡，加熱三分鐘。

一陣香味傳來，爸媽極度不放心的臉，有了笑容。

他把那份熱好的雞派端給爸爸，說：「公公你最大，你先吃！」

公公笑開了一張臉。

婆婆接到屬於她那一份時，更是笑得半天一張嘴都合不攏。

靈兒並未一如我的想像，他竟擱著自己那份未動，先關了雞湯麵的火，戰戰兢兢的端上桌。又去拿了三只碗，舀好湯，端給爸媽。爸媽感動得直誇他——連我都得意不已！

全都弄好後，他才開始熱他自己那份雞派。

大概是又緊張又累，他坐下來，竟再沒精力非要人家問——我可以吃寶寶菜菜嗎？

爸媽吃完直嘆味道好——當然囉，這些都可是「名家」現成速食啊！

靈兒飯還沒吃完，急急忙忙又站起來，遞給爸爸柳橙和刀子。

爸爸吃完欲起身，他急著大叫：「公公，你還沒吃點心哪！」

公公笑著說：「你做的飯太好吃了，公公吃得好飽、好飽，吃不下了。」

他滿意的笑了。

那天爸爸回去時，特別伸出手來，和他握手，謝謝他。看著他，覺得他長大好多。

不知道下次還有沒有機會吃到「寶寶餐廳」的菜菜！

我家有個科學家

靈兒一歲多的時候，喜歡自創一些言語，比如說「鎚子」，他要說「ㄉㄡˊ ˙ㄐㄧ」，而「湯匙」，他卻要說「ㄋㄚ ㄋㄡˊ」，還有其他奇奇怪怪的聽不懂的話。他一面得意的說那是他「發明」的話，一面咯咯笑個不停。

人家玩拼圖，看著圖樣拼，他不但不看圖拼，還都反著拼。

到朋友家，看到有個伸縮小喇叭，每個人都拿起來伸伸縮縮的吹著玩，他偏把下半部拿掉，把玩具塞進去，嘴一吹，玩具就飛出來，玩得不亦樂乎。小朋友說他「錯了」，他也不在乎，照自己的玩法玩下去。

他的點子層出不窮，玩具到他手上，就變成了另一種玩法，當然，很多的玩具到他手上也很快的就解體了。他挨了罵還很有理由——我想看看裡面是什麼嘛！

我們被他煩怕了，把所有的起子都收起來，他仍然拆了一個Seiko音樂鐘。問他怎麼拆的，他說找不到螺絲起子，就把安全剪刀的剪子用力拔出，利用剪子裡頭較細的部分當螺絲起子用。拆掉外頭就好辦了，因為鐘裡有很多細零件，都可以當螺絲起子用。就這樣，將一個極精緻的鐘拆到不能再拆的地步。

上幼稚園去，覺得上課不好玩，去弄了一根吸管塞到水龍頭裡，大水一開，挾緊吸管，左右扭動，看到牆上掛著的畫變成幾十條不同顏色的「小河」流下來，說「好漂亮」。

老師沒收了吸管，他又把藍色和紅色顏料塞到水龍頭裡，開了水，看流出來的水會不會變成紫色？

老師把總開關偷偷關掉，他覺得奇怪，不過一會兒，他就找到了原因，自個兒把總開關打開，繼續玩。那時剛入冬，每天濕淋淋的回家。老師被他「整怕了」，問我，他每天都弄得全身濕透，怎麼都不會感冒？

學校舞臺表演，他才看到幕幃一拉，忍不住好奇，衝上舞臺，開始「研究」幕幃是怎麼開開闔闔的？舞臺上的小朋友被他這一拉一闔，頓時大亂，校長氣得臉都綠了。

老師很好，說實在很想給他一人一間實驗室，讓他研究個過癮，但是不可能，尤其是教育經費一再被刪減。但是她如果太偏靈兒，就沒法在班上維持公正和教室原則。學區特別拿了一些實驗性的教材，讓我到學校教他。大約一個月，教材不繼，孩子玩心大起，最後只好領回家，在家自己教。

他的確有創造力，幾根牙籤和幾粒棉糖，就弄出了一個衛星的樣子。但是，如風急馳的個性和步調，天馬行空的想像力和創造力，讓我吃足了苦頭。後來乾脆立一個標準，在某些範圍之內的事可做，在那些範圍之外的事不可做，隨他去搞。母子劍拔弩張的情況才稍稍好轉。

一天，一大早他爺爺才抱怨他的超級大杯子被挖了一個小洞，沒法再用。又看到才幫他買的青蛙跳的玩具被他剪斷了，怒火頓起，氣沖沖的跑到廚房找他——他正蹲到檯子上玩得不亦快哉。我走過去，只見他將超級大杯放在一直流水的水龍頭底下，那根從青蛙玩具剪下來的細長管子正好塞進杯子的洞裡，另一頭接著一個他才從牙醫那兒得到的超級迷你水槍。

我恍然大悟，他一直很喜歡這隻超級迷你水槍，但是幾乎是玩一下就要灌水，很麻煩，所以想出了利用毛細現象原理來接水。

我服了他！

前些天，在家庭間忽然聞到一股怪味，衝到書房一看，嚇壞了。靈兒為了要做蠟燭，竟將蠟筆塞到桌燈的燈泡邊，利用燈泡的熱力將蠟筆融化以收集蠟。

那兩座桌燈只好扔了。

什麼事情到他那裡，都要先「試試看」，什麼東西到他手上就要「實驗一下」。這樣的一個人，我們認為簡單又簡單的人際關係、生活技巧，他是怎麼也學不來；我們認為很複雜的數理科技原理，他卻覺得簡單得不得了。

他的生長過程裡、求學經驗中，都比別人吃了很多的苦。那麼多年來，我對愛迪生怎麼老被退學、愛因斯坦特有的怪脾氣多少了解了一些。

我深深感覺到，平凡其實才是真福氣。為了讓這個科學迷少用點腦，總是找些好玩的事讓他做，分散一點他的心，不然將來變成一個科學怪人怎麼辦？

跳豆

大學的時候，對土風舞花過相當的時間研究，不只參加過土輔，還曾向外國老師學過他國正統土風舞。到後來雖然喜歡的大都是難度極高的表演舞，卻有一條極簡單的舞曲深受我的喜愛，一直記得那條曲子就叫做「墨西哥跳豆舞」。

那天和玲瑤的女兒——翎說話，她突然提起有一種豆子極有趣，跳來跳去，說著說著好興奮。我聽著聽著，想起了那條我們戲稱為墨西哥「大腿」舞的「跳豆」舞，歡樂的音樂，歡樂的笑聲，跳來跳去，還真像一堆不安於靜的跳豆呢！

對跳豆一直沒什麼概念，直讀到麗清的「跳豆的祕密」，才知道原來是飛蛾產卵在正要結果的花上，果子結成時，卵就包在裡頭了。待卵成為幼蟲，吃著裡頭的種子，果子落地，蟲子一面忙著吐絲作繭，一面努力屈伸身子使豆跳起來，好找蔭涼的地方以免曬死。於是，這些豆子們就這麼不停的跳動著。

知道這個故事後，跳豆不再只是一種「好玩的東西」的感覺而已，而是對生命的一種尊敬。連這麼小，這麼微不足道的蟲子都知道要完成牠的生命！

前幾天到玩具店，想給靈兒買個生日禮物。逛了半天，實在想不出可以買些什麼。正要走出來，不意瞥見櫃檯附近有一種豆子——啊！跳豆！走過去，看到厚紙版上面果真寫著墨西哥跳豆，立刻買了一盒回家。

靈兒生日那天，每個小朋友送的都是大盒大盒的禮物，只有我的那份禮物小之又小。每個人對那個只有一吋大小的禮物好奇不已，有一位朋友甚至忍不住問我：「那是什麼東西啊？那麼小！是小朋友送的嗎？」

當他們聽我說，那是我準備的禮物時，都大吃一驚——那到底會是什麼？

宴會結束，大家坐好等著靈兒拆禮物。他每拆一樣，都引起一陣驚歎——每件禮物都包含了叔叔阿姨的愛心和智慧。

當靈兒拆開那小小的包裝，露出裡頭的豆子時，各個好奇極了。真的，那每一粒都被切割過的豆子，看起來平凡無奇，卻一個個都會跳動。大家開始問問題，我沒法一一作答，乾脆將麗清的書拿出來傳閱。原來這小小的豆子這麼神奇！

這些天，我和靈兒什麼也沒做，就盯著豆子瞧，真有趣。起初，豆子只是晃動，我們把蓋子打開以後，豆子晃動得就厲害多了。有時不去管它，它竟撞得盒子ㄎㄧ ㄌㄧ ㄍㄜ ㄌㄜ作響，不得不起身看看。

「哎呀！它跳出來了！」有一次靈兒看了大叫。

果真，最大最活躍的那顆蹦到沙發上了。

從此，我們只要好一陣沒去注意，三粒豆子就各奔東西了。然後兩人就在附近找，找到了再放回盒子裡。找豆子，變成我們一天最快樂的一件事。

今晨起來，在廚房忙著，突然看到地上有一粒東西。蹲下去一看，是跳豆耶！

靈兒一聽，急忙去找另外兩個豆子。不得了，一個夜裡，它竟跳了二十二呎！而這二十二呎當中，有二十呎是厚厚的地毯，要跳、要晃，都不是那麼容易。而另外兩個豆，不過就在盒子一呎的地方。

正要伸手把它拿起來，發現這粒豆子在走呢！一步一步，我不由肅然。

任何一個生命都不能輕忽！

坐在這兒半天了，不知那三粒豆又到哪兒探險了，去看看，可不要化蛾飛去了才好！

後記：

跳豆已好幾天都靜止不動了，靈兒猜想，裡頭的蟲或許已結成繭了。他實在是好奇極了，央求我讓他敲開一粒豆子看看。

靈兒很小心的先夾後敲開了一個小洞，這才發現豆子早被蛀空，只剩下薄而堅硬的外殼而已。而那小小的蟲，果真早已成繭，棲在最穩固的轉角處。

不過幾天，那被敲開的洞，又薄薄的形成一層膜，將它保護起來。不由讚歎，生命真是神奇啊！

儘管牠是一隻小得不能再小的蟲，也知道要徹底的完成牠的生命。我不由肅然起敬了。

人生思索

星期天的下午，趕在批發行關門前去買東西。車子開到一半，靈兒忽然說：「這就是人生！」

我和先生一下子就愣住了！靈兒才九歲哪！哪知道什麼叫「人生」？我好奇的反問他：「你說說看，什麼叫人生？」

「人生就是——工作、吃飯和睡覺。」靈兒一本正經的回答。

先生一旁高興的說：「哎，說得太好了！不得了，我兒子是個哲學家哩！」

我想，他才九歲呢！是因為美國緊張又充滿壓力的生活讓他如此早熟嗎？我忍不住問他：「工作、吃飯和睡覺，你覺得哪一個比較重要？」

他想了一會兒，說：「工作比較重要。」

我忽然覺得悲哀起來，的確，在美國，工作幾乎就是人生的代稱。

先生每天工作十二個小時，卻只能睡六個小時，週末又是修東西，又是作院子。一星期沒有幾餐可以好好和我們一起吃飯。雖然他在家的每一分鐘幾乎都給了兒子，但是對熱愛父親的靈兒而言，永遠嫌父親工作的時間多於和他相處的時間。

而我，美其名不上班，每天去掉固定早課，學畫、寫作、閱讀，每星期抽兩天去看父母，加上買菜、洗衣、做飯、做衣服、織毛衣、整理院子，還要教兒子中文、數學；有時朋友也來招喚……啊！每天不撐到最後一秒不能上床！

我常想，日復一日，年復一年，日子千篇一律，一下子，四十個年頭就要過去了，我可以尋找更好、更有意義的人生嗎？

父母怎麼生活，孩子日後有可能也就這麼生活。我一直讓生活中的繁忙和瑣碎化為簡單和清靜，在枯燥的機械生活中注入輕鬆和愉悅，然而，人生畢竟是人生。

靈兒一路上似乎還在思索「人生」，忽然，他咧開了嘴，說：「嗯，我覺得睡覺好像在人生中比例佔得最高耶！」

我笑了！靈兒仍擁有他一貫的天真。睡覺對他來說的確佔的時間最多。

他有他的路，他自己的人生，不是嗎？

小小善心

帶靈兒去爬山。才走出停車場，就看到一位中年男子在路邊賣熱狗。靈兒說，他有些餓了，想吃熱狗。

我跟他說，時間還早，熱狗攤子一時不會撤走，加上吃了東西就爬山，對胃也不太好，建議他等我們下了山再買。

靈兒答應了，可是一整顆心都還在他的熱狗身上。我們大約走上一大段就折回來，給他買了一份熱狗。

一份熱狗一塊七毛五，實在是很貴。平常我會自己做麵包，將熱狗夾在麵包裡頭一起用烤箱烤，十五分鐘熱呼呼香噴噴的熱狗麵包就出爐了。遇到熱狗減價，一塊七毛五我可以烤出十個熱狗麵包來。但是在外吃也總有它的熱鬧驚喜的氣氛，偶爾，我們會答應他，給他買份熱狗或炸雞吃吃。

靈兒坐在那兒吃，一雙眼睛卻一直盯著賣熱狗的攤子看。

「唉呀，怎麼都沒人買他的熱狗啊？」他看了半天，彷彿很憂心似的問我們。

「你們說，我買他的熱狗，他高不高興呀？我買他的熱狗，希望他有一點點高興——他一定很希望大家都買他的熱狗。」

不知是不是我們常跟他說，有的人只是為了一家溫飽，辛苦的在週末守著攤子賺點養家活口的錢，每次只要他看到攤子販賣東西，他大多會要求買一份，然後很安心的說：「希望他東西賣出去了，會很高興。他的孩子看見他東西賣掉了，也會很高興。」

不一會兒，又有幾個人來買熱狗，還有一個人買了飲料，靈兒敞開了臉笑得好高興，心彷彿也安了。

我的心一陣悸動，孩子的善心多感人。一塊七毛五，以後我再也不嫌它貴了！

到藥房買東西，出來的時候站在路邊的一位年輕男子突然跟我說：「能不能給我點錢，好到麥當勞吃點東西。」

這人突如其來的跟我說話，我腳也沒停，本能的搖搖頭，從他身邊走過去。

靈兒回過頭來看了看他，然後說：「媽，妳不給他錢吃飯啊？」

他這一說，我覺得好羞慚——我的一顆心竟遠不如兒子。

其實，我一直是只要看到有人要錢，就都給的。直到上次看到報紙，一個人好心給乞者錢，這乞者抓了這善心人士的手膀子，便用針連刺了幾下。這人嚇壞了，急忙跑到醫院去化驗，看是不是被傳染到愛滋病。

然後，許多人勸我，光善心是不夠的。誰知道他們拿了錢是不是去酗酒吸毒？何況要錢的愈來愈多，給不勝給。

於是，我退縮了。老弱的給，力壯的不給。

站在路邊要錢的這位年輕人年紀絕對不會超過三十歲，不該給的。但是看他頭髮長了，身上髒兮兮的，該是無家可歸的浪人吧！這麼冷的天氣，要是沒吃東西，一定很冷。我的惻隱之心動了。翻開皮包找出錢來，順便從折價書中撕下附近走路就到得了的幾張買一送一的速食餐廳優待券，我返身回去將錢和優待券給他，跟他說：「每張都是買一送一，一份錢可以買得兩份。」

他驚愕的看看我，說了聲謝謝！然後低下頭研究手上的折價券，不一會兒，我看到他以非常快的速度往前走——他必定是餓壞了！

幸好兒子提醒了我，讓我今天沒有做錯誤的決定。

我心不禁喟嘆！孩子的心是純善的，卻因為這個詭譎多變、真假難分的人心和社會而變得心硬了、巧變了。

朋友常都說兒子太老實太單純太重感情了，將來不知要受多少傷，傷多少心呢！

我不免矛盾了！我是多麼的欣賞，也多麼的欣慰他有付好心腸，但是，在難測的人心裡，他得到的將是什麼呢？

愛

去接孩子的時候，遇到學校的主任。

她看著兒子，笑著對我說：「妳看看，他長這麼高了！哇！時間過得好快！記得嗎？他初來的時候，還不滿七歲，小不點兒一個……」

看著這位個子比我還小的主任，看著她順著手一比，只比到她大腿的一半，我忍不住只想笑——兒子那會那麼小？

那麼兒子多大呢？

我停下來，靜靜的想，想兒子六歲時候的模樣兒——而我驚訝的發現，我竟想不起來兒子六歲時確切的模樣兒。

他多高？是瘦一點兒，還是胖一些兒？他是一臉稚氣呢，還已是老氣橫秋的樣子？他還整天纏著我要抱嗎？那個時候他都說些什麼，做些什麼呢？

我想不起來。

是的，我記得許許多多他的點點滴滴。他生下來的時候，橫著睡在我的胸前，聽媽媽心跳的聲音。當他的身子長到超過我的胸寬時，只好斜著躺了。然後只能直的躺了。

當他吃母奶的時候，我只能從他的頭頂上看下去。看著他散發著香味，柔軟服貼又濃密的頭髮下寬闊飽滿的額頭，粉白的雙頰因吸吮而一鼓一鼓律動著。

我記得他第一次伸著胖嘟嘟的小手，一把將我手上覆滿優乳酪的小湯匙塞進他的小嘴的模樣。我記得他長牙、坐下、爬行、走路，種種探索、不服與成功的模樣。

我記得他第一天上學，哭得滿臉是淚；我記得他每到一處就高興得唱歌；我記得……

我是那麼的愛他，遠甚於愛我自己，及所有愛我的人。我記得他的一顰一笑，一言一語，一年一歲的不同。

是因為我對於母愛太有自信了，以致我一直以為對於他的每一分每一秒，每一日每一夜的模樣，我都能深刻不忘——因為那一直是刻在心上的。

而我此時此刻卻一時難以想起他六歲時的確切模樣。

最近一位先生常出差的朋友告訴我，她六歲的兒子跟她說：「媽咪，我已經快記不起爹地的樣子了！」

曾經看過一部電影，盧溝橋事變日本侵華時，一位在租界與父母失散的孩子，經過一場顛沛流離，他說——他已經記不得媽媽的模樣了，他只記得媽媽的頭髮，棕色的。

所有的，最終都會從我們的記憶中消退，雖然那是我們摯愛的。

所有的，儘管都遺忘了，只有愛，愛在我們的心中，永不會被遺忘！

四 旅遊篇

蒙馬特

巴黎經過十九世紀帝王們大量的改造，早已看不到中古世紀曲街幽巷的景致。唯有在這裡，蒙馬特(Montmartre)，圍繞著聖心教堂的是彎彎曲曲的小巷，古老的，繪畫般的樓梯，還可以追憶到中古浪漫的情趣。而這裡，正是巴黎街頭畫家的集中地。那古老的、破舊的、早被歲月斑剝腐蝕的窄小屋子裡，住著畫家和作家。

風很大，偶爾還有雨，街頭上仍然人群擁擠。一列一列的畫架，排在小小的丘陵廣場上。架上畫的多是風景畫，當然，自曲巷仰望聖心教堂，那一排綠樹，小小房子，還有聖心教堂特有的雞蛋殼式的圓頂，素來是畫家或者作家們最愛描述的題材。然而在諸多畫中，幾乎找不到寫生的作品，多是他們記憶中的風景畫而已。技巧也許嫻熟，色調也許協調，整體上也稱得上美觀細緻，然而，那畫中就是少了些什麼！是靈魂，是心境，內心最深處的熱情！常想，他們這種畫法，這種賣法，一天能賺多少錢？怎麼生活呢？也許正是因為現實的生活，根本無法高談藝術吧！早年那些深藏不露，功夫既深，兼具風骨的畫家，早隨物換星移而無跡可尋了。

時間原有限，人群又雜沓，加上天氣不佳，根本無法細細欣賞——雖然明知這些多半成了畫匠，少見畫家，仍然抱著一絲希望。然而走過專門為人素描的畫家們，扯著嗓門「拉客」，甚至大喊「半價收費」，擾亂不少心情，總有「落荒而逃」的感覺。

到了巴黎，不到蒙馬特走一遭，還是頂可惜的。山頂上莊嚴靈秀的聖心教堂，廣場上風情取勝的街頭畫家，小巷裡的紀念品店，山下犬馬聲色的遊樂場所，聞名遐邇的紅磨坊豔光四射。與其說來這兒追尋藝術，不如說來這兒欣賞浪漫風情吧！

巴黎歌劇院

要看巴黎古老精緻的生活，要追尋巴黎的往日迷人情懷，到巴黎歌劇院(Opera)，似乎還能牽引那份幽情。

巴黎歌劇院建於一八六二年，下面是七個巨型拱形大門，門上雕刻極為精緻，白石、各種顏色的大理石，甚至四周的銅路燈，無一不是比例勻稱、和諧、古典，充滿藝術氣息的傑作。

入門之後，左右兩排拱形石梯，各向樓上展開；一排半身石質塑像，均出自名家之手；大廳側十六個雙層圓柱，法式窗戶，瑰麗屋頂，氣派而華麗。

這個占地三萬平方呎的歌劇院，裡頭的舞臺大到可以容納四百五十人同時演出。據說將巴黎聖母院大教堂上的兩個方塔放上去，都還綽綽有餘。

歌劇院裡的素質和外面一樣，完全由白石、各色大理石及銅裝飾的，不失藝術風味。不但可以稱為音樂家、舞蹈家的藝術學院，亦是或成功、或失敗的藝術家，勇往直前，義無反顧，願意將熱情終生獻身的地方。透過音樂和舞蹈，他們表達了、完成了自己，而觀眾也享受到了世界堪稱一流的表演。

歌劇院旁即是喧鬧的商業中心，Lafayette和Printemps這兩家是巴黎最大、最出名的百貨公司，附近觀光、旅遊、航空公司林立，熱鬧非常。

星期日百貨公司、商店、自助餐廳、咖啡屋都不開，更顯得歌劇院前人潮「洶湧」，人人盛裝，眼花撩亂。

一場大雨隨風而下，歌劇院前的人潮漸散，多半找了附近幾家開的餐廳坐下來。我們也就近找了一間中國飯店，吃了一頓熱呼呼的中飯。經歷七個國家，也只有在此，吃到最可口的中國菜。

那神話似的歌劇院，在風雨之中，也就慢慢迷濛了！

協和廣場

羅浮宮的廣場中央有一個勝利凱旋門，香舍麗榭大道的那一頭有個凱旋門，兩者之間，聳立著一個金色的尖塔，這三個不同凡響的建築物，恰恰連成一條直線，一路下去，氣勢雄偉，壯觀至極。

而擁有這個造型獨特如埃及尖碑的寬闊空地，正是巴黎偉大景觀之一的協和廣場(Concorde)。這塊擁有八萬四千平方呎大的廣場，是巴黎最大的一塊空地。它的四周圍繞著美麗的綠林，廣場的四個角，聳立著八尊巨型的雕像，每一個雕像正好代表法國一個主要城市。尖塔兩旁有兩個巨型噴水池，池上大大小小生動的雕像，精美而別致。不論夜裡燈光襯托，或是白天純然本色，都是攝影家、觀光客獵取的對象。站在尖塔前看，前面是兩座華麗中不失淡雅的巨型建築，右邊是羅浮宮，左邊是香舍麗榭大道，而國會就在後頭，無論到那兒，總要經過這兒。

星期天遊人如織，因為廣場寬大，氣勢萬千，反顯得人群渺小散亂。

塞納河上的橋，一直是風味獨具，而協和廣場前的亞歷山大第三橋，卻是最漂亮的，正好和附近諸多美景呵成一氣。

橋上的雕像，讓人駐足又駐足，徘徊又徘徊，橋上的欄杆、燈亭，都是名師傑作。然而誰也不能想像，橋上的每一塊石頭，都是來自巴斯底大獄。而那氣魄萬千的協和廣場，曾經是法王路易十六、皇后瑪麗・安東尼斷頭之處。而此尖碑，來自埃及，原屬蘭薩二世，由拿破崙作為戰利品帶回巴黎。來此憑弔，思及世事變幻無常，不勝欷歔！

跨上橋的那一刻，感到風格外強勁，雨水也間歇落下來。橋上的雕像，因為銅質的關係，經年累月雨水侵蝕氧化，早已變成淡淡的綠色，形成另一種不可言喻的淒美。

巴黎，令人驚豔、令人貪戀、令人迷醉、令人讚歎，同時，也令人哀思、令人唏噓。

香舍麗榭大道

來到巴黎，不看巴黎鐵塔，不遊羅浮宮固然可惜，沒看到迷人的巴黎夜景，亦教人遺憾。巴黎夜景處處引人，除了巴黎鐵塔最具風格外，香舍麗榭(Champs Elysées)大道的夜景風味十足。

很少街道像巴黎的香舍麗榭大道那樣的讓人一見鍾情的！

香舍麗榭大道不過三公里長，馬路的這一頭是華麗莊嚴的凱旋門，另一頭是壯麗宏偉的協和廣場。中間寬敞的車道，足以讓十輛車同時往來，氣派非凡。它不只是巴黎，亦可說是這個世界上最寬廣的馬路。長長的路，兩旁濃密參天的行道樹，一路延伸過去。白天，樹蔭底下華麗的馬車蹄聲得得。而左右側，是停車道，每邊可容三排車子。停車道過去，是用小石塊鋪的人行道，人行道邊是風味獨特的露天咖啡座。

整整齊齊的街燈中，是數也數不清的車燈，相互輝映，將凱旋門照得金碧輝煌，氣勢絕倫。樹木漸稀，商店也出現了。那一處燈火明亮，正賣著世界上最名貴的商品。

如果用「浪漫」來形容香舍麗榭大道的夜景的話，也只有「清新」才能描述她白天的風情了。

才下過雨，地上還濕著。初秋，樹葉已微黃，有些正飄落下來。清新的空氣，安靜的早晨。也許是星期天，商店不開門，路上車極少，顯得廣場異常寬敞壯闊，四邊建築物也格外宏偉壯觀。連那一間間密密相連的商店也褪去了浮華俗麗。因為雨水濕潤，增添一分清新古樸的味道。路上人群稀少，漫步在香舍麗榭大道上，有無限的眷戀。納悶著，這美麗的星期天，人都到那兒去了？

繞了一大圈回來，再踏上香舍麗榭大道，來往的人群摩肩擦踵。尤其是近凱旋門那一段，擠滿了人群，簡直到了寸步難行的地步。

巴黎，一天的生活又開始了嗎？

倫敦塔橋

英國人向來以「古」為尚，大凡舊的事、舊的傳統，都要和現實生活揉和一起。因此，房子也好，計程車也好，甚至許多規矩，多半承襲舊有，少有換新。加上它位於歐洲西北部，氣候陰晦，一年之中，沒有多少天可以見到陽光，大部分時間全市愁雲慘霧，暮氣沉沉，讓人一到倫敦，立刻感染到那股莫名的沉悶，半天舒展不開來。

原以為這樣的氣候，英國人總該拋下舊有習慣，市容上多花點心思，用些鮮明的色彩，來補足它的陰晦。不料，英國的建築多使用灰暗石塊，最多加上紅色磚瓦，在鄉村配上大片綠草，倒還疏朗靜謐，清心悅目。在城市裡屋屋相連，就顯得沉悶不開朗，暗澹失色了。

參觀倫敦最具代表性的塔橋(Tower Bridge)時，眼睛為之一亮。不只是因為它相當壯觀，橋前那一大塊廣場綠木依依，橋本身的顏色鮮明奪目，和一般英國傳統顏色大不相同，介乎天藍和寶藍的明亮顏色，讓我們在暮氣沉沉的倫敦，第一次感受到陽光的存在。

倫敦塔橋興建於維多利亞女王時代，每當泰晤士河的巨型輪船從這兒進入倫敦湖時，兩岸用花崗岩和鋼鐵建築而成的高塔，便有機器啟動，橋面一分為二，等船隻經過，再慢慢合而為一。據說橋面每爿重一千噸，卻可在兩分鐘之內絞起，加上兩座由河中蓋的塔，也算是大工程了。塔上似碉堡，大大小小的尖塔，遠看像兩頂皇冠，想來，這也是英國人的驕傲吧！

塔橋北岸，就是著名的倫敦塔。

倫敦塔雖曾是英國皇室居所，也是寶庫，值得參觀。但是，這兒也是拘禁政治犯的牢獄，甚至刑場，裡頭還展示著專制時代各種殺人武器，在颯颯晚秋冷風和陰森天色下，我們終於決定帶著才剛滿七歲的兒子離開那屬於斷頭臺、血塔的傳說。

科隆大教堂

提到科隆(Cologne)，總讓人聯想到頗富盛名的古龍4711香水；但事實上，科隆(Dor Kölner Dom)大教堂亦是舉世聞名，和巴黎聖母院大教堂、羅馬聖彼得大教堂，並稱歐洲三大宗教建築。

當車子停在火車站側，古老卻不古典的街道時，看見人群漫無目標的來回穿梭，很難讓人理解這兒會是一個觀光聖地。然而穿過擁擠的後車站，闊而長的地下街道，左彎右折，來到一片大廣場，望眼瞥見那座聳入雲霄的科隆大教堂時，才知，擁有兩千年歷史的科隆，的確一值觀光拜訪。

科隆大教堂的外觀非常特別，是由青石建築的歌德式教堂。兩座筍形尖塔，由一塊塊雕石堆起，看似一整塊巨石巍巍聳立，峭拔崢嶸，直上天際，氣魄萬千。而側面看數不清的歌德式尖塔，如秀峰聳入雲霄，壯觀至極。

這座教堂初建於一二四八年，中間歷經數次戰亂，工作時續時輟，直到一八八〇年，歷時六百三十二年才竣工。兩座尖塔高一百五十七公尺，縱深一百四十四公尺，寬六十一公尺，雕刻精美絕倫。站在教堂前，覺得人真渺小。教堂裡外的石壁上刻滿了宗教故事和歷史人物，而教堂內頂高窗大，石柱拱門深邃幽暗，三個國王的鍍金銅像雕飾環繞，金光耀眼，氣氛肅穆莊嚴。排隊進門參觀的遊客，遠遠望去，像群蟻入洞，蜿蜒不絕。

教堂前廣場聚滿人群，一位街頭畫家正跪地埋首畫畫。走過廣場，另一頭的街道異常熱鬧，商店林立，馬路整齊。

逛過街，重新回到這座在第二次世界大戰中，科隆被炸而它卻奇蹟般地免於戰火的大教堂前，有了一番新的體認。

鑽石之旅

前年，二姊來美，請妹妹帶她去買鑽石戒指，臨去時，問我要不要一塊兒去？向來對珠寶就沒有多大興趣的我，搖頭婉拒。二姊說：「女人到了某種年齡，自然就會愛上珠寶，看來，妳還沒『老』，恭喜啊！」

雖然這是一則笑話，但是，到了荷蘭，只知有花、有風車、有乳酪，而不知有鑽石，也就孤陋寡聞了。

從十六世紀以來，阿姆斯特丹就和鑽石產生了不可分割的關係。從一五八六年起，阿姆斯特丹建立起鑽石工業後，四百年來，阿姆斯特丹就成為世界鑽石貿易中心，而博得「鑽石之都」的美名。

世界上許多有名的鑽石，都是在這兒切割的，不論是切割、琢磨的技巧，或是成品的璀璨、迷人，每一年都吸引了幾百萬的遊客，或觀摩，或購買。而鑽石工廠也樂意在展示製造過程中，順便推銷成品給顧客。

到阿姆斯特丹的第二天清晨，天還朦朧，便上了車，迷迷糊糊的到了一家工廠。進了屋，工廠職員大概介紹了一下屋裡展示的鑽石原石，半成品和成品，便領我們上了二樓。

曾經在國家地理雜誌的節目中，看過鑽石的發掘、生產和製造過程，想到馬上就可以親眼欣賞堪稱藝術的切割、琢磨技術，精神為之一振。

豈料，上了二樓，大失所望。四個職員站在櫃檯前，不過是推銷成品罷了。普麗亮形鑽石堪稱鑽石中最完美的造型，阿姆斯特丹自詡的正是這種技術。小如碎石，只有0.0012克拉的鑽石，他們亦能分割出普麗亮形特有的五十七個切割面的精品。

大致看了一下成品，覺得都不夠出色。每一粒鑽石，包括小得肉眼都難以分清的碎鑽，顆顆精巧細緻，光彩奪目。可惜戒指的造型、線條都不夠精巧，以致整體上都不夠協調，使得鑽石失色不少。或許，吸引人的，該是它不貴的價錢吧！

小小的屋子，擠滿了觀光客，櫃檯是開放式的，既看不出警報設備，也沒看到警衛，不禁疑惑，難道上好的珍品都不在這兒嗎？

不能參觀享有盛名的切割藝術，卻在這兒買鑽石，多少覺得遺憾！

難忘荷蘭

歐洲之行，最愛的是法國，最難忘的卻是荷蘭。

到荷蘭總要看看最美的花卉、風車，最有趣的大木鞋、運河之旅，最有「味道」的乳酪。

但是，真正最吸引我的卻不是這些。

也許，是才從英國過來吧！英國兩夜，住的是歐洲號稱「歷史悠久」的「高級」旅館。儘管它深具歷史、文化或藝術價值，儘管他們費心維護甚至裝修得極精美，才進去，就感到渾身不舒服，真想就待在外頭，能不回來，就不要回來。當晚入夜，才睡著，全身不能動彈，然後是一場驚恐之夢……最後是在一連串的佛號中清醒過來。時差加上惡夢，一身疲憊。

到了荷蘭，住的是美國連鎖的高級旅館。才到門口，那親切，那舒暢、那種終於可以放懷任意躺下的感覺真好！

旅館位在阿姆斯特丹最高級的地區，美國大使館就在旁邊。寬敞的馬路，中間有綠樹隔開兩邊車輛，那景致讓我想起臺北仁愛路、敦化南路。

然後，我在不同的地方，看到了一棟又一棟和臺灣相似的建築。尤其在船上行走，看著看著恍惚起來，有一陣子竟以為置身二十年前的臺灣。臺灣在鄭成功以前曾為荷蘭人所佔領，許多建築摻雜了荷蘭特色，而荷蘭境內又有許多地方深具東方風味，到荷蘭，就想起臺灣。

下了船，不意瞥見岸上幾輛腳踏車，竟再也無法遏止思鄉之情。

在美國待了九年，看過無數的腳踏車，全都是變速的自由車模樣，從來沒見過我們在臺灣常騎的「摩門教傳教士」的車型。來美後一直無法忘情，曾多次打聽，都無法滿願。而今，卻在這裡看見了它，然後，一輛接一輛……那天夜晚，街頭漫步，看見一位男士，後頭載著一位女士，哦！多少年前的往事，那年少時的浪漫……

聽說荷蘭一千四百五十萬的人口，有一千輛左右的腳踏車，每當早晚上下班時，單車成行，像河流般的流動，叫人望之興歎。

荷蘭舉國皆是平地，地方又不大，騎腳踏車最方便。因此，荷蘭道路兩旁多設有腳踏車專用道，市區裡也有腳踏車專用的停車場，連旅遊服務中心都有規劃好的腳踏車旅遊路線圖。自由自在的騎上一段，絲毫不受兩旁汽車威脅，寫意極了。使得愛騎腳踏車，卻又不能滿願的我羨慕萬分。

下次到荷蘭來，一定要多停一天，租上一輛腳踏車，沿著運河慢慢的騎。

到卡邁爾去

心情浮躁，想出去走走。

和偉剛說，請兩天假，到海邊、山裡頭去走走吧。

朋友聽說我要出門，驚訝地說：「外頭暴風雨耶！」

我也知道，卡邁爾(Carmel)的雨量，是這兒的四倍。

就是覺得需要走走，風雨，沒關係。只要路行得通，風雨有風雨的情調。

偉剛下班回來，說，旅館訂好了。他知道我什麼都好說話，就是出外住得挑剔，所以訂了個整齊、乾淨、明亮，絕對現代化的高級旅館。

不哪，我說。

我只要一棟靠海的，簡陋的小木屋就好，甚至沒有傢俱都可以，有張床就行了。

偉剛遲疑的看著我，來來回回訂了幾家旅館，都被我取消了。

到那兒再找吧，他說。

•

出門的時候，雨還大著。我抬頭看了一下牆上掛著的菩薩像，雨會停的，我心裡想——菩薩知道我的心。

於是，頂著風雨出門了。

隔著車窗，好安靜。雨，沿著窗，曲曲折折流下，什麼也看不到。好似年少的時候，颱風吹得緊，窗外濃密的雨ㄆㄧㄥ ㄆㄥ的打著窗戶，什麼也看不見。躲在被窩裡，心裡混雜著溫暖和耽心的異樣感覺。

窩在車裡，覺得很安定，我睡著了。

醒來得那麼恰是時候，雨，像才出生的嫩鵝毛，輕輕軟軟的飄著，為窗外那片好山好水增添幾許清靈和詩意。

哦，要的就是這種感覺。

我的心感染了那片安靜和澄清，心情一下子開朗起來。

•

才到卡邁爾，雨，果真停了。

陽光將下過雨的卡邁爾照亮得金光燦燦，兩旁還滴著雨滴的樹翠綠鮮嫩。小鎮特有的風味，讓人忍不住停好車，沿著街一路逛下去。從前愛極索莎麗多，覺得那兒有歐洲的風味；現在沿著卡邁爾的街道走，覺得卡邁爾比索莎麗多還迷人。樹叢圍繞著連門牌都沒有的靜謐小屋，走上一段，是帶著歐洲風的商店。每一家都不大，賣的東西都很特別，藝術品特別多。進出的人敞著笑靨，彷彿都沾染了一絲藝術氣質。有人立在路旁彈奏樂器，路人靜靜圍聽，靜靜撒上些許錢。一切是那麼的安靜，像走在無聲的夢裡。

商店漸稀，慢慢出現了旅館。

很少見到這樣的旅館，小小的、精緻的，各家有各家的特色。

看到一座花園，繁花綠木，深淺不同的石塊錯落有致的圍在四周，將花木襯托的更為清新可人。進去繞了一周，才發現是旅館。旅館大廳完全是十九世紀的擺設，爐火燒得正旺，桌上還擺著畫冊。還來不及思想，服務人員就來拉生意了，急著帶我們去參觀才空下的房間。

房間是好，面對著海。可是，那經過特意裝飾的房間和客廳，卻讓我極不自在。

走出旅館，忍不住又在寬敞的花園裡流連一陣。新發嫩葉，從棚架上垂下來，隨風搖曳，不捨離去。

意外的走進一間小旅館，只因小小的花圃裡有許多曇花。

旅館裡每一間都小，窗戶、桌椅、床，樣樣都小，一切是那麼簡單樸實。

我決定住下來了。

靜謐的夜，搬把椅子，坐到壁爐前，看著熊熊烈火，先生、兒子靜靜的陪著我。感覺到世界是那麼的美好——我還希冀什麼？

第二天清晨，迎著冷風，沿著街道漫步到海邊。

每個人都很悠閒，遠離塵囂和緊張的腳步。遠方海水澎湃，海浪去了又來，這裡特有的杉木，丰姿清朗俊逸，為卡邁爾增添更豐富的風韻。

浪濤、松濤帶走了所有的焦慮與煩惱，遠處蒼林綠地順著海岸曲折而去，最後隱沒在藍天碧海中。不遠處，幾棟陳舊的小木屋錯落在杉木樹叢間，不知屋中人可曾作詩？

離開海邊，濛濛又下起細雨來。

雨勢漸大，卡邁爾也遠了……遠了……

拉森之旅

許多人到了優詩美地(Yosemite)國家公園之後，從此一見鍾情，每年一訪；而這裡的一些人，到了拉森(Lassen)火山國家公園之後，從此移情別戀，情鍾拉森，每年一訪。

決定到拉森火山國家公園之後，約了好友德元一家人，歡歡喜喜的上路。想像中的拉森火山國家公園，應是巨石奇突，山巒重疊，縱使沒有優詩美地的清靈脫俗，也有大峽谷的浩瀚雄偉。而離開灣區已有三、四個小時的車程，一路上仍是大片草原，絲毫不見奇峰異巒，蒼松翠林，一顆心不免懸宕起來。

當我們正在納悶的時候，車子微微向上攀爬，公路崎嶇，而後，遠遠的，連綿青山出現在眼前。而其中一峰陡立，一看即知那就是聞名已久的拉森火山。它，寧謐地立在那兒，上面還覆著白雪，在一片雲天遼闊的隱隱青山當中，顯得分外奇突。而不遠的雪絲塔山，冰雪清明的和它遙遙相望，為這一大片地區，帶來了無數仰慕的遊者。

到達瑞頂(Redding)的時候，時間已晚，匆忙遊過雪絲塔湖，觀賞過山洞裡的鐘乳石後，即返回旅館就寢，以便第二天暢遊拉森。

次日一大早，沿著山路開向山清樹明。路上人車稀少，或平原，或山丘，多是蒼綠幽靜。雖然路旁的標示從一仟呎、二仟呎不斷的昇高，山路並不太曲折迂迴，偶爾高低起伏，不知不覺中已攀爬到七仟呎。原來這座國家公園就像大峽谷一樣，是在一片高原之中，不大能感覺已身在高達數仟呎的山上。兩旁壯偉的遠山，也像在大峽谷北緣的部分，雄偉而不陡峭，平穩而不奇突，安謐的，穩重的，祥和的，翠松星羅棋布上頭，極其迷人。

進入拉森火山公園之後，兩旁茂密的森林，無盡蜿蜒，將那條微彎的山路點綴得清幽有致。棵棵挺拔俊逸的蒼松，並排而立，隙縫之中露出澄瀅如鏡的湖水，遠處青山相映，仿如人間仙境，我幾乎是一眼就愛上了它。有人說，有著林木成蔭，自然清新的優詩美地，擁有中國山水畫的姿容，如果他們來這兒一趟，他們會發現，這裡的清靈秀美只有過之而無不及。尤其是那一汪湖水，清澈瀲灩，不沾絲毫人間氣味，讓人興起就此歸隱山林，終老此生的願望。

提起火山，總想起夏威夷，那灰黑的、鐵灰的、冷灰的熔漿的顏色。一直以為整個拉森公園大約也是這個模樣，不料卻是滿公園的密林。細細開下去，才在林中、在路邊、在湖畔看到零星的火山石，實在很難讓人想到，它也有一部分曾像夏威夷火山一樣，是個不毛之地。

早在一八六〇年的時候，就有人發現公園內有冒著熱氣泡的泥淖、滾燙的溫泉、蒸氣，這些不平常的現象提醒了人們，拉森是個活火山。但是它渾然天成的美景，寧靜的外貌，讓人忽略了它是一個活火山。直到一九一四年的五月三十日，住在當地的一位居民 Bert McKenzie，從拉森東部三十哩的一個高山小鎮上，突然看到拉森山上噴出大量蒸氣，那個幾乎已被人們認為是死去的火山，居然爆發了！不過幾個小時的工夫，這個消息就震驚了整個美國。

第二天，一個森林管理員爬上山頂去看，就在那一霎時，這個溫和的火山突然形成一個火山口，蒸氣如萬馬奔騰般地嘶吼而出，一陣爆破接著一陣爆破，大石塊、火山灰從山口像蓮蓬頭一般地噴出來。幸虧，這些物質都是老舊的，不是新形成的，因為不燙，沒有將山上的積埋的深雪融化掉，否則後果不堪設想！

七月十四日拉森火山不斷的爆發，一個地方生意人兼業餘攝影師 Benjamin Franklin Loomis，想把火山爆發的情況記錄下來。那天早上，他和他太太就在附近的湖邊搭了個帳篷，準備好照像機，隨時可以拍照。就在那個時候，有三位好奇人士結夥上山去探究，他們滿足地站在這個新的火山口上欣賞，可以強烈的感覺到火山內的熔漿，正在憤怒的滾動著。突然，他們意識到自己正處在一個極危險的地帶，三人立刻返身而去。那時，Loomis正忙著拍下每一張歷史鏡頭，而在鏡頭裡，他看到的卻是一幕生與死的搏鬥。從火山裡噴出來的石塊、火山灰，在那三個人的周遭猛烈的噴炸，一塊大石頭正好炸到其中一個人的肩膀上，鎖骨當場裂掉，倒到地上，再也沒法起來。剩下的那兩個人，以為那人已經死了，便急急忙忙地從山邊跑下來。火山灰迅速地追下來，幾度把他們整個蓋住。幸運的是，火山灰是冷的，不足以窒息。儘管火山灰直噴到山下，這兩人不願意丟下受傷的朋友而去，又爬回去尋找那位受傷的朋友。那人早被埋在灰裡，他們拼命的挖，終於將他救了出來。多年之後，這人提起那場災難，仍心有餘悸，不堪回首，說，他將永遠、永遠不會再踏入拉森火山一步。

那一天，拉森火山就這樣時斷時續溫和的噴著。一九一五年五月十六日，一個郵差在拉森東邊一百五十哩的地方，發現原來只噴冷的火山灰的拉森火山，竟然噴出火來！豔紅的火帶著熔漿——那是拉森火山第一次噴出熱熔漿。第二天，像膠一般的熔漿迅速地穿過山峽，鋪滿峽谷，形成一個一仟呎高的巨舌，直延伸到山邊。攝影師Loomis看到一堆碎掉的熔漿，自山上滾下，聚成一團，形成一個巨大的火球，一路往山下滾去……。

而這一年，拉森火山的積雪特別深，大約有五十呎，十九日那天晚上開始融化。融化的積雪、熔漿、泥濘，混合成一個二十呎高的泥牆，熱滾滾的夾著火山灰，從山上衝下來，逢山而裂，遇河而合。其力量之大，將一塊二十噸重的大石塊都帶了下來。那天晚上，一個牧場主人在帳篷裡睡覺，被巨大的聲響吵醒，以為是隻熊，或者山獅在帳篷外頭怒吼。當他看到十二呎高的泥流像浪一樣地衝過來，狂風在樹林中怒吼，還夾帶著樹木迸裂的聲音，才意識到事情的緊急。他在亂石撞擊中，只想到——放棄一切！他衝到下游，警告其他的人，趕緊逃命。幸好此時熔漿已緩和腳步，大家有足夠的時間往高處爬，倖免於災難。這場火山爆發一路摧毀了四個牧場，無人傷亡。比起一九八〇年華盛頓州聖海倫火山爆發，拉森火山算是溫和得不能再溫和了。然而三天之後，拉森火山再度爆發，深具爆炸力，大量的石塊、火山灰、瓦斯，向上直衝，高達三萬呎的高度，大約五百萬平方呎的樹林在一瞬間枯萎，幸無人傷亡。這一切、一切，Loomis都將它照了下來。

拉森火山和它附近的一些火山就這麼時和緩，時爆裂，時斷時續的運動著，直到一九二一年，拉森火山爆發總算告一段落，迄至於今，火山未再爆發過。今天，拉森火山的外表看起來是那麼的寧靜，人們似乎忘了它仍是一座活火山，任何時候，群火山中的任何地點，都有可能再度爆發。包括一些地質專家，似乎也都相信，它就如同死火山一般，將寧靜的躺在那兒，讓所有的人在青山中，在翠林裡，在綠水內，享受它的美。

在火山的生命裡，熔漿是可以從一個極熱的、流動的狀態，演變成冷的、濃度厚一點的。這些化學成分改變時，不只是因為濕度、溫度的改變，也和熔漿中矽的成分有很大的關係。矽在熔漿中的成分越高，熔漿就越濃，越不容易流動。火山大約可以分為四種，第一種是混合型的火山，矽的成分靠近中間的比例，容易爆炸，同時含有大量的瓦斯，或者水分，在極大的壓力下，當安山石衝出表面的時候，壓力驟減，瓦斯爆裂，直噴而上，將熔漿炸成碎片，既激烈又危險，聖海倫火山的悲劇就是屬於這一種。第二種火山，爆出的是玄武岩，玄武岩中含的矽的成分較少，屬於流動性的。他們慢慢的從火山孔中流出來，經過一段距離以後，形成一個低、寬的，三角錐的形狀，夏威夷的火山就是這種火山的代表。拉森火山國家公園裡的哈克尼斯山，也是屬於這種火山。第三種火山噴出來的成分通常只有一種，就是像煤渣一樣的火山灰。這種火山極短暫，熔漿噴出後，衝到半空中，炸得粉碎，最後又掉回火山口的附近，通常每爆一次，力量就減少一些，有充分的時間讓人逃走。這種火山大多就那麼一次插曲，卻可以延續許多年。拉森火山國家公園中，有一些是屬於這種火山，它們通常都獨立存在，很少和其他的山連在一起。第四種火山是圓頂型，比起混合型的火山要小一些，生命也較短，有的才噴一次就死了。它含有極高的矽的比例，濕度低，濃厚似膠，噴射的力量將山頂推得高而險，形成一個圓頂，然後就那麼沉靜的直躺到今天。拉森火山公園中，也有這一類型的火山。

大約在二百萬年到三百萬年以前，拉森火山就開始爆發了，其中又斷斷續續地噴了幾次。今天，在離拉森幾十哩外的地方，仍可以看到一些磨損的巨大石塊。這些石塊早失去它的猙獰面目，反而為拉森帶來了絕美的風景，形成了它獨特的丰姿。如果你願意，可以沿著火山慢慢走上去，到一〇四六七呎高的拉森火山頂上去探個究竟，去俯視山下的一切、一切。那傲視群雄的感覺，那乘風而去的瀟灑，不到拉森是感覺不出來的。儘管今年六月暴風雪，讓拉森山上積了厚厚的一層雪，簡直到了寸步難行的地步，仍有一些人奮力而上。它的魅力可想見一斑。

拉森火山的特殊地質，還帶來了少有的熱溫泉，滾燙的水冒著氣泡，有時連石塊的夾縫中都冒著嘶嘶蒸氣。偶爾看到山的一邊流下融雪山泉，另一邊冒出的是含有大量硫磺的熱泉，兩者匯聚，順著山邊流下去，頗有奇趣。

沿著公路走，映入眼簾的盡是滿山蒼翠，青松、碧樅，還有加州特有的俊逸紅木，美不勝收。而最令人賞心悅目的，大概就是那一汪又一汪的湖水了。拉森境內有五十一座湖，各個清澈如鏡，或深綠，或淺綠，或碧綠，或翠綠，無一不澄明清靜，岸上成排樹林，綠綠相映，真是人間仙境。公園內還有數不完的怪石——那一個二十噸的大石，多年來不損丰姿。

翻山越嶺去看瀑布，去看那因為極冷而結冰的河流。山上還有雪橇滑過的痕跡，冰河上有人在行走。風清涼的吹著，樹嫵媚的搖著，拉森，美之極致。

拉森並不如優詩美地聞名，相對的，來旅遊的人也比較少。卻也因為這樣，每一個人都可以和它心靈相近，到拉森來，洗滌一身的混濁，尋找到心靈最深的平靜。

墨西哥風情

朋友聽說我們要到墨西哥旅遊，驚叫道：「妳們怎麼會想到要到那種地方去？」看她的表情，我就知道，她對墨西哥印象大概來自電影，荒涼凋敝、又髒、又窮、又亂、又落後，去那兒想要度假，簡直是自找罪受！

隔壁鄰居先後住過兩家人，都是墨西哥移民，嚴格說起來都不高明，問題也不少。但是，他們和中國人一般，總是一屋子住滿了人，常常人多到無法想像他們是怎麼個擠法。這兩家環境都不頂好，卻閒閒逸逸的，頂樂天知命的樣子。有時看他們看多了，竟覺他們連長相都和中國人有幾分近似，莫名的產生一種親切感。於是，打定主意到墨西哥走一遭。

朋友們見我們主意打定，猶不放心，一再交待：

——墨西哥的水有寄生蟲，不能喝！連買來的飲料中都不能放冰塊。寄生蟲吃下去了，一輩子就跟在身上，死不了！

——墨西哥的食物不能吃！清洗不周，煮食不當，蒼蠅亂叮，不清潔、不衛生，吃了保證拉三天肚子！

——墨西哥的車子不能租！租了車，萬一碰到個無賴蓄意撞上你們，反咬你們撞他，打起官司，一輩子賠不起！

——到墨西哥，錢看緊點！隨時有小偷、扒手覬覦！

——到墨西哥，看到乞丐，千萬別給錢！只要給一個，一來，來一群！

——在墨西哥買東西一定要殺價！墨西哥人開價不老實，通常是正常價錢的兩倍，一定要殺！貨比三家不吃虧。

朋友們把墨西哥說得像水滸傳裡孫二娘的黑店似的，其實，大部分的人對墨西哥的印象，多半得自於美、墨交界處的旅遊經驗，只要避開，應該不成問題。於是，我們選擇遠離邊界，以文化氣息著稱的墨西哥首都——墨西哥市為旅遊對象。

•

才下飛機，旅館早已派人在機場等我們，也叫好了計程車。這人一再強調，到目的地時，只要把單子給司機就好，司機會拿單子領錢，絕對、絕對不要給司機任何錢。看那人認真的樣子，彷彿能體會朋友的警告——墨西哥人對觀光客不懷好意啊！

坐上計程車，習慣性的往旁邊一拽，撲了個空，才發現後座根本沒有安全帶！這時，前座也上來了一位順路旅客，看起來很緊張的樣子，想來是頭一回到墨西哥，同樣的有人事先警告他，一副上了賊船，緊緊張張的，雖然綁好了安全帶，仍像隨時要逃的樣子。

我們好心和他聊聊，他也只是精簡兩句，猶處在備戰狀態，看樣子，墨西哥人要好好檢討一番才行！但話說回來，老墨就算是窮怕了，頂多貪點財，摸一點，或詐一點，總不至於丟掉性命吧！那麼，又有什麼好緊張的呢？

路邊車子極多，看起來有些像臺北，正好奇司機怎麼開出去，他突然調過頭來，檔一換，車子竟然沿著擁擠的街道往後倒著開！沒有安全帶綁著的我們一陣搖晃，好不驚險；而前面一輛車，更是出奇不意的整個車調過頭來，在這個單行道逆向行駛，一路還大聲的按著喇叭，直叫我們這群「土包子」看傻了！這不是臺北才有的正字標記嗎？

好不容易車子才開上「路」，看兩旁不寬不窄的馬路、路邊建築、急駛的汽車、老舊的公共汽車裡擠滿了人、人車喧嘩、汽車沿街大按喇叭、廣場上坐滿了人、人人大聲說著話，感覺像回到二十年前的臺北，對墨西哥竟然產生一種不可解說的親切和好感。

為我們代辦種種瑣事的旅行團交待，墨西哥並沒有規定要給小費的制度，我們下車時，還是一切依照美國，一律照給。看著司機綻開了的笑臉，一謝再謝，心中感觸頗深——這是怎麼樣的一個民族呢？我不禁好奇了！

旅館是墨西哥市裡頗負盛名的水晶大飯店，位於市區最繁華的黃金地帶，美國大使館就在步行可及之處。旅館房間裡佈置得漂亮又安適，只可惜壞了一只燈，得請人裝修。櫃檯說「馬上」，這一等竟然到了就寢時間還不見人來。一直到了十一點，工人才到，絲毫沒有抱歉的意思。想起朋友們在美國找人做工，總說墨西哥人工資便宜，卻拖拖拉拉的，工作很少一氣呵成，看來，這是他們的天性。

睡下之後，車聲、人聲，還有不知那兒來的鑼鼓聲、擴音器播放的唱歌聲，交織成一片喧囂的市聲——這究竟是怎麼一回事啊？從喧鬧的情況看來，一場熱鬧才開始呢！忍不住拉開窗帘看，闃黑中燈光處處。有人說，墨西哥市一到夜裡，就像打翻了的一箱西班牙珠寶，閃亮無比，看起來是不錯的。

第二天一大早，仍是被一陣嘈雜聲喚醒的。到外頭探個究竟，原來墨西哥人早起來作生意了。不曾斷過的汽車喇叭聲，孩童騎著腳踏車沿街叫賣烘烤的早餐的聲音，以及不知哪兒冒出來的熱情的拉丁音樂。街上、路口擺了許多攤子，雖然平常對墨西哥食物毫無興趣的我，看到那一個個小攤子冒著熱氣，噴著香味，幾個小市民圍坐快樂滿足的吃著，哦，那情景多麼像臺北的小巷啊！幾乎要忍不住它熱情的呼喚了！不能吃！不能吃！好不容易才從它的誘惑中走出，滿腦筋想的還是那噴著香的小吃。最後，在街上找到一家極大的，看起來比較不具衛生威脅的餐廳，有各式各樣的各國小吃。我們很小心的各叫一份。結果靈兒還是愛他的蕃茄醬荷苞蛋蓋飯，我則喜歡它的加上了墨西哥人最愛的檸檬汁、香菜的希臘餐點，有中國的燒烤味道。什麼都可吃的偉剛，當然沒有什麼可以選擇的，自然是吃我們點的了，卻仍舊不敢恭維墨西哥又濃又油的古怪濃湯。

九點半，旅遊團派人來接洽，想起朋友的警告——殺價！一定要殺價！向來「羞」於殺價的我，實在不知該怎麼殺價，又老想，墨西哥人這麼窮，讓他們賺一點也沒關係嘛，始終開不了口。偉剛還是試著說：「我們去歐洲，小孩子一律免費呢！」這人立刻爽快的說：「那我算小孩子半價好了！」他這麼爽快，實在不好意思再殺價，當場付了錢，就隨團參加旅遊了。想想，旅遊節目都是半日一團，三個人的小費付付，也沒省上什麼錢，但是，雙方都蠻愉快的，也無須再計較了。

錢一付完，這人就領我們上了車——像臺灣三十年前的黃色公共汽車，不過略小一些而已。車上沒冷氣，開起來ㄎㄨㄤ ㄌㄤ作響，顛簸不已。司機沿路接人。有次等得不耐煩了，下來走走，才發現交通十分擁擠，而街上滿是計程車。更稀奇的是，計程車幾乎是清一色的金龜車，而且只有三種顏色——紅、黃、綠。一輛接一輛，目不暇給，覺得全世界的金龜車都跑到這兒來了似的。想想墨西哥市本身有二仟萬人（不同的人告訴我們不同的數目），每年有超過五佰萬的觀光客，滿街的車也就不足為奇了。

墨西哥是個文明古國，一般到墨西哥市旅遊的人，多半會從古老的那一頭開始觀光，也就是總統府等政府機構，以及他們引以為傲的教堂。事實上這些具有兩佰到四佰年歷史的建築物，多半是修復過，或者拆建過，然而一直保持著它原有特色。牆上的畫，訴說著他們和印第安人、西班牙人分不開的生活與文化，是藝術，是文化，也是歷史。可惜我們是唯一不懂西班牙文的旅客，當導遊認真的用西班牙文介紹過一遍後，已沒有多少時間、精神、耐心再詳細用英文解說。只大略知道墨西哥是總統制，憲法於一九一七年二月五日生效。總統掌行政權，直接由人民選舉，任期六年，任滿不得再被選為總統。國會分參眾兩院，參議員由各州選出代表二人組成，任期六年；眾議院則由民選，任期三年，兩院議員皆不得連選連任。全國分為三十一州及一特區——一八四六年美墨戰爭，墨西哥戰敗，一八四八年簽定和約，原本屬於墨西哥的德克薩斯州、新墨西哥州、加利福尼亞州正式歸入美國版圖。

導遊說到此，靜默下來，意味深長的看著從加州來的我們，彷彿是告訴我們——美麗富庶的加州原來是屬於他們的，如果不是戰爭，今天也輪不到他們鬧窮了，整天有大批的人民想盡辦法要偷渡過去。

我唏噓了——這就是歷史嗎？

看過多個國家多處的教堂，對於墨西哥足以作為代表的教堂，不再是震撼；而教堂外的景象卻讓我格外感嘆。它和我所見過的任何廣場一樣，到處是人。小家庭來玩的，朋友相約的，來旅遊的，加上路邊的小販攤位，熱鬧無比。而經過這麼多地方，看過這麼多人，我們幾乎是唯一的中國人，所有人的眼光都在我們身上，那一群群討錢的小孩就圍著要錢。不能給，我們記住。然而當我看到一位又瘦又小的老太太，揹著一個又瘦又小，看來像半瞎了的小女孩時，立刻就動搖了——她們實在可憐啊。我不動聲色，把錢塞給靈兒，讓他悄悄走過去塞給那個老婦人。那人驚喜無比，沒有人知道是誰給的錢，也就沒人來索錢。

攤子不時的傳來香味，忍不住過去看看，還真有臺灣菜市的味道。有人就著小小的爐子炕著小餅，那小餅像極了菜市的紅豆小餅；而玉米更是散發著誘人的香味。忍著，離開了彷如故鄉的誘惑。

據說早年墨西哥市還有中國城，現在，幾乎不見什麼中國人，更別提中國餐廳了。唯一的一家，十足的墨西哥風味。中餐、晚餐只好找了美國連鎖餐廳吃。照理墨西哥物價便宜，連鎖店也應不貴。而當我們進去時，才發現不盡然。同樣的東西竟比美國本土還貴，連速食店都不例外。更奇的是，美國餐廳叫主菜，附贈沙拉或湯，這裡卻另外加費，一餐吃下來，是美國同家餐廳的兩倍。而這樣價錢，卻可在我們的豪華旅館裡吃一頓不錯的菜。我們百思不解，直到了解到墨西哥人對有關美國一切，都是抱著崇拜、仰慕，甚至微微有些諂媚的心態時，才明白其中原委。事實上，說是美國連鎖餐廳，口味也早墨化了，十足的墨國口味。

這原屬印第安文化的地區，因西班牙人統治三佰多年的關係，到處充滿了文化融合的另一種風貌。有人相信墨西哥本土的早期印第安人是來自亞洲，因此碰到中國人還格外親切。導遊一面指著斷垣殘壁的一座金字塔，一面說：「有人說，它跟中國都有關係呢。」

姑且不論他說的是否真有根據，只要不是含有西班牙人血統的墨西哥人，他們長的是比較偏像東方人，而不是偏像西方人。而他們生活形態，的確也像記憶中的臺灣小鎮的模樣。善良、親切而悠閒。

來到美國以後，跟夜市就絕了緣。到墨西哥，發現最讓人流連忘返的就是夜市了。

華燈初上，沿著大街走，人多了，跟著人走，遠處唱片行裡播放著大聲的拉丁音樂，大家都好快樂呀！街邊餐廳噴著香，每隔一段都有軍人拿著步槍巡邏，像是告訴大家，有我們在，不要擔心治安，盡情的玩，盡興的逛吧！

像走回大學時代，女同學手挽著手，沿街沿巷，一個攤位，一個攤位逛，有吃，有喝，有玩。

這是一個開心和善的民族。

逛藝品店，似乎是來墨西哥必選的一種節目。導遊說，街邊價錢可殺一半，街裡大店約八折。逛了幾家貨物都差不多，倒是以銀器著名的店，樣品價錢都不同。選好了，竟然殺不下價錢，算算價錢實在不便宜，又不放心貨色，隨便挑了個小禮物給靈兒就算了。閒閒逸逸的欣賞墨西哥特有的大理石製品、皮革、雕塑作品、印第安傳統手工藝品，倒是樂事。

原以為參觀火山是直接上山，沒料到是開車到近處遠觀而已，包括那曾經辦過奧運的火山形狀運動場，也只能說是驚鴻一瞥。而離開火山區，導遊倒是帶我們一遊所謂「有錢人住的地方」。

車子轉至一處景觀大不相同的街道後，旅客的興致都來了，大概大家都沒料到墨西哥也有這麼高級的住宅區吧！的確，那用昂貴的火山石堆起來的圍牆裡，家家戶戶庭院深深，多半是兩層洋房，有的還有三車位的車庫，自己的馬路。每棟房子都超過美金一佰萬元，而每家還僱有幾個不同的佣人。據說，他們都是生意人——而且都會說英文——他們是上等人。

哎，哎，哎，大家都說，我們這些會說英文的，乾脆都搬到墨西哥來享福好了。

墨西哥市位於海拔約七仟多呎的高原，早晚氣溫稍有差別，白天特別熱，有時走走見到街上賣新鮮水果的，真忍不住要掏錢買。頭一回，碰到的不懂英文，比手劃腳問他一整個鳳梨多少錢？他也比手劃腳說兩元美金。覺得不貴，請他削一個。結果他隨手拿了盤上剩下的四分之一個，劈哩拍啦削成一片片的，放到一個塞了紙的塑膠杯裡，心裡暗知不妙。他快速撒上檸檬汁，指著攤子上一堆紅不啦嘰的粉，問我們要不要？我以為那是酸梅粉之類的東西，急忙搖頭。那人看我們一副怕吃了拉肚子的樣子，嘿嘿咧著一張嘴笑。接過鳳梨，自己也忍不住笑出來——算算一個鳳梨竟要美金八元哪！真是上當。語言不通，也只好認啦！

墨西哥市是個相當大的都市，也是美洲歷史最悠久的城市，市區裡到處可以看到早年留下來的歷史痕跡，而部分地區改建，卻又十足現代化。所以在墨西哥市裡經常可以看到不過一街之隔，而景觀卻大異其趣的獨特風味。到了墨西哥市你可以閒逸的在小街大聲說話，大聲殺價；也可以到極其現代化的宏偉劇院裡，去欣賞一場精緻的芭蕾舞表演。當然，他們也熱衷棒球、足球比賽，以及別樹一格的鬥牛比賽。而市區裡一處由阿茲戴克時代的神殿遺跡、西班牙人建造的聖地牙哥教堂，及現代化的高樓大廈，三種不同時代夾雜並列的建築，巧妙的結合成「三文化廣場」，足可說明它的文化特色，而要想更深一層了解墨西哥的歷史文化，博物館是最佳處所了。

市裡最大公園的人類學博物館，是中南美洲最大的博物館。有人認為如純以人類學來論，它可說是世界上最好的博物館了。收藏著早期印第安民族、阿茲戴克文化、馬雅文明、西班牙統治殖民時期，一直到獨立的種種史蹟文物，幾可一窺其發展面貌。其他還有歷史博物館、現代藝術博物館、馬雅神殿、美術博物館，林林總總大約超過二十所。參觀之後，對墨西哥可能會有比較具體而正確的看法。

最讓人訝異的是，在墨西哥竟然有金字塔的存在，而且不只一處。離墨西哥市不算太遠的地方，有一條南北長二公里，寬四十公尺的死亡大道，兩側有上百座金字塔形神殿。一眼望去，整片天地寂靜而壯觀。藍天、遠山、樹林、原野，然後是連綿金字塔。

這個大約在西元前二百年前建立的死亡大道，北邊盡頭是月亮金字塔，而南邊盡頭則是太陽金字塔，兩者遙遙相望。太陽金字塔的底部是二佰二十二公尺乘二佰二十五公尺，高則六十三公尺，一個階梯一個階梯上去，還真令人望而生畏。然而去的人，少有不一階階慢慢爬上去的。神殿壁上還留著不少雕刻、壁畫藝術，訴說著他們曾經信仰的神，走過的生活痕跡。月亮金字塔小一些，底部是一佰二十公尺乘一佰五十公尺，高四十三公尺。而其他神殿也都充滿屬於那個時代的特色，尤其是奧爾麥克留下的一片建築，像是神職人員的住所，有接待室，牆上盡是美麗的雕刻及圖案。廣場上稀稀疏疏的叫賣著人頭雕像，或者一種聽起來時斷時續，無人能解的樂器。從這一片荒廢中走出來，何止是喟嘆？

小店邊好幾棵龍舌蘭，導遊請人當場割開解說，它的每一個部位都有可用之處。他們順便利用它的汁，做成一種飲料，請大家喝。我看到滿天滿地繞著飛的蒼蠅，只有謝絕了。不禁深思，他們的文化保有了些什麼，又失去了些什麼？那曾在墨西哥被發掘，舉世聞名的馬雅文化，又帶給他們什麼樣的意義？

走出令人惋嘆的歷史，進入修希米爾可，算是最愉快的記憶了。

還在阿茲戴克時代的時候，墨西哥市所在的山谷，是片湖。當時嚴重缺乏耕地，阿茲戴克命人疏浚泥沼，規劃成像格子形狀的水道，而污泥聚積的土堆，種滿了植物。水道邊則種著一棵棵挺拔而秀逸的柳樹。這新形成的島，成為墨市最有名的花園——修希米爾可，墨西哥的「威尼斯」，這原本是蔬菜、花卉的供應地，卻被當局有意闢成遊艇穿梭，別樹一格的旅遊勝地。

一艘艘塗著五顏六色的木船停靠在岸，等著旅客乘坐。而河裡，早已輕舟處處，繽紛的顏色在兩岸綠林裡穿梭，自有一番風味。

我們這一團，有一對從哥倫比亞來的年輕夫妻，結婚三年，第三次度蜜月，熱情一如墨國初昇朝陽。這位男士長得頂像早期電影裡，整天對著女人「放電」的湯尼・寇帝斯，一上船，帶給團裡不可抗拒的熱力。

河水並不寬，卻蠻長，到處是船。船有大、有小，但多半不超過十個人。有時划過一艘來，兜售著墨國地毯；有時飄來一葉舟，滿頭白髮的老太太，叫賣著插了鮮花的小小花籃。

這對年輕夫妻不只買了兩支像極了臺灣小巷賣的烤玉米，也買了一籃鮮花，還將河上樂隊叫過來演奏一曲，然後夫妻二人又就著音樂各高歌一曲，為這趟河上之旅增添不少拉丁風情。偶爾，看到不過十歲大的孩子，奮力的撐著船，我又難過一陣了！是不是因為太多的墨西哥人因為窮，年紀小小的就要出來做工賺錢，以致無法正常發育，個子都不高呢？這種完完全全利用臂力、長竿來撐船，來回一趟要耗費多少體力？卻也只能得到區區數美元，生活該是我們不能想像的艱辛吧！想著，快樂的心情竟然蒙上一層說不清的內疚和不安。

岸邊有賣水果的攤位，木瓜，真是久違了。我們叫了鳳梨和木瓜，比起上次街邊買的便宜多了。看見「湯尼・寇帝斯」正大口啃著鳳梨，他指著鳳梨上紅色的粉說：「吃鳳梨，撒這個辣椒粉，火辣辣，吃起來最過癮了！」我們這才知道，那不是酸梅粉（實在是太想念臺灣了！）老墨真是愛吃辣啊！

來墨西哥數日，不知不覺竟喜歡上了這個國家，在旅館看到一本介紹旅遊墨西哥的書，內容詳細，印刷也很精美，心想日後再來，可作為參考，雖然貴，還是忍痛買了下來。後來到了機場，在免稅商店看到同樣的一本，光標價，就比我買的那本便宜了三分之一的價錢。而另一本有關墨西哥考古學上的書，差價更多，差點沒被氣得昏倒。

哦！這個讓人又愛又氣的地方。

三民叢刊書目

㉖作家與作品	謝冰瑩著
㉗冰瑩書信	謝冰瑩著
㉘冰瑩遊記	謝冰瑩著
㉙冰瑩憶往	謝冰瑩著
㉚冰瑩懷舊	謝冰瑩著
㉛與世界文壇對話	鄭樹森著
㉜捉狂下的興嘆	南方朔著
㉝猶記風吹水上鱗 ・錢穆與現代中國學術	余英時著
㉞形象與言語 ・西方現代藝術評論文集	李明明著
㉟紅學論集	潘重規著
㊱憂鬱與狂熱	孫瑋芒著
㊲黃昏過客	沙　究著
㊳帶詩蹺課去	徐望雲著
㊴走出銅像國	龔鵬程著
㊵伴我半世紀的那把琴	鄧昌國著
㊶深層思考與思考深層 ・轉型期國際政治的觀察	劉必榮著
㊷瞬　間	周志文著
㊸兩岸迷宮遊戲	楊　渡著
㊹德國問題與歐洲秩序	彭滂沱著
㊺文學關懷	李瑞騰著
㊻未能忘情	劉紹銘著
㊼發展路上艱難多	孫　震著
㊽胡適叢論	周質平著
㊾水與水神 ・中國的民俗與人文	王孝廉著
㊿由英雄的人到人的泯滅 ・法國當代文學論集	金恆杰著
(51)重商主義的窘境	賴建誠著
(52)中國文化與現代變遷	余英時著
(53)橡溪雜拾	思　果著
(54)統一後的德國	郭恆鈺主編
(55)愛盧談文學	黃永武著
(56)南十字星座	呂大明著
(57)重疊的足跡	韓　秀著
(58)書鄉長短調	黃碧端著
(59)愛情・仇恨・政治 ・漢姆雷特專論及其他	朱立民著

⑬ 陳冲前傳　嚴歌苓著
⑭ 面壁笑人類　祖　慰著
⑮ 不老的詩心　夏鐵肩著
⑯ 雲霧之國　合山　究著
⑰ 北京城不是一天造成的　喜　樂著
⑱ 兩城憶往　楊孔鑫著
⑲ 詩情與俠骨　莊　因著
⑩ 文化脈動　張　錯著
⑩ 桑樹下　繆天華著
⑩ 牛頓來訪　石家興著
⑩ 深情回眸　鮑曉暉著
⑩ 新詩補給站　渡　也著
⑩ 鳳凰遊　李元洛著
⑩ 文學人語　高大鵬著
⑩ 養狗政治學　鄭赤琰著
⑩ 烟　塵　姜　穆著
⑩ 河　宴　鍾怡雯著
⑩ 滬上春秋　章念馳著
⑪ 愛廬談心事　黃永武著
⑪ 吹不散的人影　高大鵬著
⑪ 草鞋權貴　嚴歌苓著
⑪ 是我們改變了世界　張　放著
⑪ 夢裡有隻小小船　夏小舟著
⑪ 狂歡與破碎　林幸謙著
⑪ 哲學思考漫步　劉述先著
⑪ 說涼　水　晶著
⑪ 紅樓鐘聲　王熙元著
⑫ 寒冬聽天方夜譚　保　真著
⑫ 儒林新誌　周質平著
⑫ 流水無歸程　白　樺著
⑫ 偷窺天國　劉紹銘著
⑫ 倒淌河　嚴歌苓著
⑫ 尋覓畫家步履　陳其茂著
⑫ 古典與現實之間　杜正勝著
⑫ 釣魚臺畔過客　彭　歌著
⑫ 古典到現代　張　健著
⑫ 帶鞍的鹿　虹　影著
⑬ 人文之旅　葉海煙著

131 生肖與童年　小　民著
132 京都一年　喜　樂圖　林文月著
133 山水與古典　林文月著
134 冬天黃昏的風笛　呂大明著
135 心靈的花朵　戚宜君著
136 親　戚　韓　秀著
137 清詞選講　葉嘉瑩著
138 迦陵談詞　葉嘉瑩著
139 神樹　鄭　義著
140 琦君說童年　琦　君著
141 域外知音　張堂錡著
142 遠方的戰爭　鄭寶娟著
143 留著記憶・留著光　陳其茂著
144 滾滾遼河　紀　剛著
145 王禎和的小說世界　高全之著
146 永恆與現在　劉述先著
147 東方・西方　夏小舟著
148 嗚咽海　程明琤著
149 沙發椅的聯想　梅　新著
150 資訊爆炸的落塵　徐佳士著

151 沙漠裡的狼

白樺 著

像在冷冽的冬夜裡啜飲著濃烈的茶，感受一種在蒼茫大地上，心海澎湃的震顫。那麼地古老、深沈，剎時間，恍若置身廣闊的大漠，一回首，就是長城。這是金鼎獎作家又一直指人性，內容深刻的作品，請您在一個適合沈思的夜晚，漫步中國。

152 風信子女郎

虹影 著

一本能深刻引起讀者共鳴的小說，其必然與人世現實生活有著緊密的關連。本書作者秉持著對人的命運的關切，遠勝於對以往藝術形式的關注，賦予了文學創作的生命。從本書作者對人物刻劃描述的過程中，可窺知作者對此一理念的堅守。

153 塵沙掠影

馬遜 著

生命的旅途中，有許多可掌握的機運，但似乎一半早已註定……。馬遜教授從故鄉到異國求學，最後來臺定居，繼而與佛結了不解之緣。滿懷豐富的情感，細膩的筆觸，深刻的寫下了旅赴歐美等地之點滴情事，而念舊懷恩之情愫亦時時浮現於文中。

154 飄泊的雲

莊因 著

歲月的洗禮，在人們內心深處烙印著痛苦、悲哀、快樂與美好的回憶。由於時代的變動，戰爭的摧折，作者歷盡滄桑的輾轉遷徙，使那些漂流不定、幻化多變的過往，煥發出人生的智慧。就讓我們乘著飄泊的雲，領會「知足常樂，隨遇而安」的生活哲理。

⑮⑤ 和泉式部日記

林文月 譯・圖

本書為日本平安時代文學作品中與《源氏物語》、《枕草子》鼎足而立的不朽之作。書中以簡淨的日記形式，記錄了一段不為俗世所容的戀情。優美的文字，纏綿的情詩，展現出愛情生活中細膩的起伏感受與歡愁，穿越時空，緊扣你我心弦。

⑮⑥ 愛的美麗與哀愁

夏小舟 著

愛情之於女人，常常是引誘飛蛾撲火的明燈，是絢麗的毒花，可女人偏偏渴望愛情。作者列舉許多男女的愛情、婚姻故事，郎才女貌未必幸福，摯情摯愛未必有緣，只是男人與女人之間如同萬物的規則，一物降一物，鹵水點豆腐，魔高一尺，道高一丈。

⑮⑦ 黑月

樊小玉 著

丁小玎隨著所在的中國公司到國外做勞務承包。因為是公司的英語翻譯，加上辦事勤快，見了人又總是一個柔柔和和的笑，於是很快就引起當地大部分男人的注意；而小玎能否在心儀的外交人員與愛慕自己的餐廳老闆間找到最後情感的歸宿？……

⑮⑧ 流香溪

季仲 著

作者透過一群「沿江吉普賽人」在流香溪畔發生的動人故事，牽引出現代觀念與傳統文化的價值矛盾、中日文化的碰撞衝突、人與自然的挑戰，以及善與惡的拉扯等；全書行文時而如行雲流水，時而又如波濤洶湧，讀來意趣盎然，發人深省。

⑮⑨ 史記評賞

賴漢屏 著

司馬遷《史記》一三〇篇，既是「究天人之際，通古今之變」的史學鉅著，也是我國古代傳記文學的精華。本書作者自幼即喜讀《史記》，從師學習，如今蘊藉已深，以其深厚的治學基礎，發為見解獨具的文采丰華，帶領讀者一探《史記》博雅的世界。

⑯⓪ 文學靈魂的閱讀

張堂錡 著

文學的力量使孤寂的心靈得到慰藉，貧乏的人生變得富有，唯有肯駐足品味的人才能透晰其所傳達出最深藏的祕密。本書共分三輯，窺視文學蘊含的殷情深意；感受其求新求變以及對大環境的價值。各自激發不盡的聯想與深沈的感動。

⑯① 抒情時代

鄭寶娟 著

在平淡無奇的生活中，你可曾留意生命中點點滴滴不平凡的小故事？作者以其平實的筆觸，刻劃出看似平凡卻令人難以遺忘的人生軌跡，你我都可能身在其中。書中情節所到之處，或許平凡、或許悲傷，但卻也不時充滿著生命的躍動，值得細細體會。

⑯② 九十九朵曇花

何修仁 著

人生有多少夢境會在現實中重複出現？是山間的樵歌？白雲間的群雁？還是昔日遠方純樸、悠閒的鄉間漫步？作者來自屏東，以濃郁深摯的筆調，縷縷細述人生中最動人的記憶，伴隨你我，步履於南臺灣的舊日情懷，一同感受人間最純摯的情感。

⑯③ 說故事的人

彭歌 著

這是作者多年來觀察文壇、社會與新聞界的肺腑之言。輯一故事與小說自不同角度探討小說寫作；輯二人與文刻劃出許多已逝人物卓然不凡的風範；輯三海外生涯則寫遊記、觀賞職籃等旅居海外之觀感。讀了此書，彷彿親身經歷了一趟時空之旅。

⑯④ 日本原形

齊濤 著

從明治維新以來，日本的一舉一動都對世界有著深遠的影響，尤其對臺灣來說，其影響更是巨大。作者長期旅日，摒除坊間「媚日」或「仇日」的論調，以客觀的描述，剖析日本的現形。對想要了解日本時勢與脈動的人來說，是不得不看的一本好書。

⑯⑤ 從張愛玲到林懷民

高全之 著

作者以嚴謹誠虔的態度，客觀分析的筆調，來評論臺灣當代小說，深深讓讀者了解近代文學的特點，進而深入九位作者的作品中，提供一些深刻的創見，帶領你我欣賞文學的美與實，進而體驗文學對生命喜悅、悲哀等生動的描述。

⑯⑥ 莎士比亞識字不多？

陳冠學 著

莎士比亞識字不多！一直以來被誤認是個偉大的作者。讀過本書，應能還莎士比亞一個清白，他絕對不是一個掠美者。這把聖火在臺灣重新點燃，希望將來這聖火能夠由臺灣再度傳回英國，傳到世界各地，也好讓莎士比亞的靈魂得到真正的安息。

⑯⑦ 情思・情絲

龔華 著

「妳，像野薑花；清香，混合在黎明裏，催我甦醒。沒有妳，我睜不開眼睛，走進陽光的世界。她，是我在黃昏裏，永遠踩不到的影子。像夜來香，惑我走進黑夜的濃郁……」本書集結了龔華在〈中副〉發表的散文，篇篇情意真摯，意境深遠，值得細細品味。

⑯⑧ 說吧，房間

林白 著

一個是離婚、失業的中年婦女，一個是愛熱鬧的單身貴族。兩個背景、個性迥然不同的女子，為何會發展出一段患難與共的交情？且看兩個女子的心情告白。本書在作者犀利細膩的筆調下，深刻描繪出都會女子的愛恨情仇、悲歡離合，值得細細品味。

⑯⑨ 自由鳥

鄭義 著

六四事件的悲憤情緒才剛平復，對八九民運功過的批判聲音竟已隨之響起。對此，大陸流亡作家鄭義，以一幕幕民運歷程與鐵幕紀實，申訴著他的心痛與不平。文中流露對同胞的關懷和自由的嚮往，深深地牽引著每一個中國人心中的沈痛與感動。

⑰⓪ 魚川讀詩

梅新 著

詩是抒情的天堂，但並非每個人都能領會其中的意涵。本書是梅新先生的遺作，首創以雜文式的筆調評論詩作，不依恃理論，反而使篇章更形活潑，有就事論事的評述，也有尖銳的諷喻，語帶機鋒，趣味盎然。引領您一窺知性與感性的詩情世界。

⑰ 好詩共欣賞

葉嘉瑩 著

本書作者葉嘉瑩教授，融會西方接受美學、符號學及中國詩論，來解讀陶淵明、杜甫、李商隱的作品，分析了三人作品的形象、情意和其中所含的隱微深意，並從興發感動讀者的角度來詮釋作品的成功與否，是喜愛古典詩的讀者不可錯過的好書。

⑰ 永不磨滅的愛

楊秋生 著

現代人的生活壓力大，使得人生危機四伏，生活充滿徬徨、疲倦和無力感。如何化解此一危機？作者以多年學佛的體驗，以及和家人朋友互動的點點滴滴，而了解到愛的真義，並希望能將愛分享給每個人，以重燃信心和希望。

⑰ 晴空星月

馬遜 著

大崙山上，晴空萬里，夜色如銀，星月交輝。作者因佛緣，追隨曉雲法師的步履，出掌華梵大學，以發揚佛教教育為己任。本書除叮嚀青年學子的話語外，還有對社會大眾闡發佛法精神的演講。其智慧的話語，如醍醐灌頂，為淨化心靈的一帖良方。

⑰ 風 景

韓秀 著

韓秀，一個出生於紐約，卻長年往返於世界各地的奇女子。在雅典、在開羅、在布達佩斯、在臺北、在高雄、在北京，作者皆能以其敏銳的心觀察她所造訪過的每一寸土地，以其向具纖細的筆觸，使一幅又一幅的動人「風景」躍然出現在您的面前！

⑰ 談歷史 話教學

張 元 著

作者以二位高一新生對歷史課程的困惑為引子，藉著師生座談對話的方式，從北京人時代到西晉，針對高中歷史教材，試圖以「史料閱讀」的方法鮮明地建構各代的歷史圖像，在活潑的對白間既談歷史意涵又話歷史教學，相當適合高中教學的參考。

⑯ 兩極紀實

位夢華 著

任何人想要親臨兩極之地恐怕都不是件容易的事。作者因從事研究工作之便，足跡跨越兩極，將在極地所見所聞之動物奇觀、自然景致乃至當地所受文明衝擊，或以幽默輕鬆，或以深沈關懷的筆調娓娓道來，是無緣親至極地的讀者絕不可錯過的佳作。

⑰ 遙遠的歌

夏小舟 著

世上只有兩種人，男人和女人。然而男女之間的恩愛情仇，卻糾葛難解。本書作者以一篇篇幽默的短篇故事，道盡世間男女的愛恨嗔痴。在她細膩委婉的筆下，愛情的本質和婚姻的面貌都一一呈現，必可帶給你前所未有的感受與體悟。

⑱ 時間的通道

簡 宛 著

「人生，是一條時間的通道，每一個人所走的方向和目標雖然不一樣，但是經過的路程卻是相似的……」當人們沈溺於歲月不待人的迷茫和感嘆時，作者平實的筆調將帶著我們對生活多用一點心思和一點執著，會使我們的「通道」裏，留下一點痕跡。

⑰⑼ 燃燒的眼睛

簡宛 著

作者以自身多年來在美國的異域生活為背景，輔之敏銳的觀察力、豐富的情感、濃郁深摯的筆調，從而幻化出一篇篇感人肺腑的故事。尤其對於旅居海外異鄉遊子們的心境描寫更是深刻動人，是一本值得再三玩味的小說。

⒅⓪ 月兒彎彎照美洲

李靜平 著

沒來美國時還不知那生活啥款；來了才知樣——啊！真夭壽！　來到美國，是穿梭在黑白紅黃人群間；或在房裡看華語電視？是在壁爐邊吃耶誕大餐；還是窩伴著一桌熱火鍋？在忙碌的陽光下，可想起夜空裡一彎新月？月兒彎彎，訴說的又是誰的故事？

⒅① 愛盧談諺詩

黃永武 著

諺詩，是指用諺語聯成的詩，由於聯接巧妙加上意外組合，因此往往會有不可料想的妙趣出脫。如捉豬上板櫈，走馬看天花；成人不自在，做鬼也風流，等等。本書將帶你悠遊中國式幽默，探索諺語的源頭，喜愛好書的你，可千萬不能錯過！

⒅② 劉真傳

黃守誠 著

劉真，一位自四十年代開始影響國內教育最鉅的教育家。本書自劉真先生家學淵源寫起，隨著時間軌跡，記錄了他如何在風雨飄搖的年代裡為教育此類百年大業做出努力；因此雖然本書為劉真先生個人傳記，卻同時也是了解現今教育體制的最佳參照。

⑱③ 天涯縱橫

位夢華　著

以兩極生態氣候的研究為基礎，作者建構了此書的論理與想像世界。內容從極地景致、開拓艱辛及天文物理觀念，引申至有關宇宙天人及環保的許多想法，包容科學與文學，兼具知性與感性。讓您在詼諧而深切的筆調中，激發對地球的關懷與熱愛。

⑱④ 中國新詩論

許世旭　著

中國詩歌，無論新舊，是一座甘泉，若不掬飲，口渴神焦，……。作者係韓國人士，長年沈浸在中國文學之中，對於在中國新詩的源起及兩岸新詩風格的異同，均有獨到而精闢的見解。是讀者拓寬視野，更深入了解中國新詩之發展所必備的好書。

國家圖書館出版品預行編目資料

永不磨滅的愛／楊秋生著. --初版. --
臺北市：三民，民87
面；　公分. --(三民叢刊；172)
ISBN 957-14-2769-1 (平裝)

855　　87000629

網際網路位址　http://sanmin.com.tw

著作人　楊秋生
發行人　劉振强
著作財產權人　三民書局股份有限公司
　臺北市復興北路三八六號
發行所　三民書局股份有限公司
　地　址／臺北市復興北路三八六號
　電　話／二五〇〇六六〇〇
　郵　撥／〇〇〇九九九八——五號
印刷所　三民書局股份有限公司
門市部　復北店／臺北市復興北路三八六號
　重南店／臺北市重慶南路一段六十一號
初　版　中華民國八十七年四月
編　號　S 85421
基本定價　貳元陸角
行政院新聞局登記證局版臺業字第〇二〇〇號

ISBN 957-14-2769-1 (平裝)